Inexhaustible
Energy
And
Vitality

Sue 著

永不枯竭的活力与能量

九州出版社

JIUZHOUPRESS

"Sue 说"演讲合辑（2020—2022）

"关于这个世界，以及超越这个世界的，真相"

触及这些真相，看清所有的幻觉，
就意味着幻觉的消失，活在真实里，
此时才会拥有真正的爱与美、慈悲与智慧，
才能身处喜悦的至福当中，
融合无间地存在于本身就是创造的生命里。

微信公众号：Sue 说

（语音版、视频版已分别在喜马拉雅"Sue 说"
和微信视频号"听 Sue 说"上线）

目　录

这个＼这些真相，

不属于任何人，

不依赖于任何人而存在，

而是它自己就会有

喷涌而出、源源不断的表达。

一、每个人都有的孤独感是如何产生的？

2020-1-19

1. 焕然一新，开始探索

今天的分享主题叫作"我们每个人都有的孤独感是如何产生的？"在正式进入主题之前，先跟朋友们就几点来沟通一下。

这几点听起来像是题外话，然而并不是。因为这几点不只是对于今天的分享至关重要，而且对于我们每个人每天的日常生活都具有非常重大的意义。也许在分享的过程当中，或者也许每个人在日后的生活当中，就能够体会到我们说在前头的这几句话的意义。

首先，今天进行的是一场分享，是就大家都关心的一个问题——孤独，我们一起来探索这件事情的事实或者真相是什么。所以今天进行的分享，不是上课，也不是讲座。我们在一起不是要学习一些新的知识，或者灌输任何的理念，也不是讲道理。因为我们都知道，听了很多的道理，依然过不好这一生。我们今天甚至不会教大家任何应对孤独的方法或者技巧，我们进行的也不是关于孤独这个问题的分析或者解释，而只是一起携手并肩来看看孤独这个问题的事实或者真相是什么。

所以在分享的过程中，无论讲到什么内容，大家既不需要同意，也不需要反对，既不需要接受，也不需要拒绝，因为我们讲的并不是观点。

我们需要做的只是安静地倾听，看看 Sue 说的关于"孤独"这个问题是不是符合事实或者是不是在讲事实。

这个在讲话的 Sue，她既不是什么专家，也不是什么老师，更不是什么权威。如果一定要给她一个身份的话，她只是和大家一起探索的一个朋友或者一个同学，我们一起在学习，一起在了解孤独这件事情。

对 Sue 说的话，是一种不接受也不拒绝、不同意也不反对的态度。在此同时，我们也需要抛开、放下，或者哪怕是暂时抛开对于"孤独"这个问题抱有的所有的先入之见。也就是说，我们之前关于"孤独"这个问题所有的看法、观点甚至经验，都需要被暂时放在一边，一起来焕然一新地轻装上路，重新来探索"孤独"这个问题。也就是说，我们要想弄清楚"孤独"这件事的真相，就需要有一种最初的自由，有一种独立的探索精神，这种独立不只体现在不受他人观点的影响，也体现在不受我们之前对于这个问题的经验或者看法的影响。只有不受任何观点的影响，才有可能直接地、清晰地看清一个问题的真相。

而在我们的生活当中，只有摆脱了所有固化的、陈旧的观念的影响，我们的生命力才有可能焕发出来，我们才能活得充满活力。换句话说，只有摆脱了那些东西的束缚，才是真正地活着。否则只要还受缚于各种思想观念的捆绑，受它们的影响，我们就像一只只困兽一样，像一个个囚徒一样，根本没有任何的自由可言，要么就是像一台塞满了思想或者信息数据的机器一样，根本就称不上是一个真正鲜活的生命。

说在前头的这几点，不只是对于今天的分享有至关重要的意义，同时对于我们的整个生活、整个人生都意义重大。

2. 孤独的滋味如何？

下面进入今天的正题，一起聊聊孤独。今天的主题叫作"我们每个人都有的孤独感是如何产生的？"

不知道大家看到这个主题有没有发现，这个主题当中蕴含了一个非常惊人的事实。也就是说，我们每个人内心都有孤独感，甚至这不只是我们如今或者当今人类的一个现实，甚至可以说自古以来，人类都饱受这种孤独感的侵蚀。这种孤独感就像是一只在不停噬咬我们心灵的小虫或者小兽，它作为生活当中一个持续存在的困扰，似乎从来都没有得到真正的解决。甚至可以说，人类自古以来都没有真正地解决掉孤独感这个问题。

　　人类的现状或者自古以来的状况，是不是说明或者蕴含着一种可能性，那就是我们几乎所有人在应对孤独的方式上面，存在着某种根本性的错误，所以才使得孤独这个问题从来都没有得到真正的解决？

我们先不直接说应对方式的问题，先从头来看看孤独感究竟是个什么东西，或者孤独是怎样的一种感觉？

我们每个人内心都有孤独感，这是一个不争的事实，无论孤独感在每个人身上表现的形式是怎样的或者程度的深浅怎样，内心都有一种隐隐约约的或强烈或微妙的孤独感。那么这种孤独究竟是怎样的一种滋味呢？我们现在就来直接地体会一下孤独的味道。哪怕是我们用心或者认真去体会一下"孤独"这个词或者"孤独"这两个字，一种孤独感似乎就在我们内心油然而生了。

那么这种孤独感究竟是个什么滋味呢？我们现在就一起来咂摸一下孤独的味道。孤独感是个什么味道？孤独感里边是不是蕴含着一种孤苦无依、无所依靠的感觉，就好像我们自己是大海里的一片浮萍，或者飘在空中的一粒灰尘，好像和这个世界或者和其他人都没有任何直接的或者深切的联系，那是一种和人分离、和人隔绝或者和这个世界有距离的感觉。

在说的同时，大家就可以直接来体会一下，孤独是不是这样一种感觉：一种距离感、一种隔离感、一种分裂感，甚至是一种隔绝感。而这种孤立无援的感觉或隔绝感，我们通常什么时候会有呢？也许独自一人独处、一个人待着时，会比较容易产生这种感觉，我们离群索居时可能会有这种感觉，但是，似乎又不仅限于此。有时当我们身处人群时，甚至身处拥挤的人群时，也会有一种孤独感，或者是有一种隔离感。

这种孤独感跟我们身体上或者物理空间上是不是在独处，似乎并没有必然的关系，甚至当我们和至亲的亲朋好友在一起时，偶尔也会有一种疏离感，或者一种难以承受的孤独感。所以说，这种和外在的形式、和我们身体上或者物理空间上是否单独无关的内心的孤独感或者隔绝感，它有另外的一些产生根源。这确实是我们在关系当中会体会到的一种孤独感或者隔绝感，它和是不是一个人独处没有必然的关系。

刚才一直在体会孤独的滋味，这种孤独的滋味里有一种很鲜明的分裂感、隔离感、隔绝感，这是孤独的一种滋味。刚才提到，当我们独处时，或者没有人陪的时候，我们会有孤独感，或者即使有人陪，但是我们的内心得不到任何的认同、肯定或者支持时，我们也会有孤立感、孤独感。

跟孤独非常类似的，还有一种感觉，比如，当我们没有人陪，但是有书籍或者音乐来陪伴时，这种孤独感就不会那么鲜明。如果我们既没有人陪，又没有音乐或者书籍的陪伴，或者我们手头上没有什么事情去做，我们处在一种无所事事的状态时，这个时候也会有一种孤独感，这时用"空虚感、空洞感、无聊感"去形容更加准确。但是，毫无疑问，这是一种茫然所带来的无所适从的不安，它跟孤独非常相似，因为就是一个人，连书和音乐都没有的陪。

我们在体会孤独的滋味，刚才大致说到了它有两种看起来比较鲜明的味道，一种是隔离感、隔绝感，另外一种就是空洞感、空虚感、无聊感。那么这就是孤独最典型、也最鲜明的味道。

3. 通常应对孤独的方式

接下来，我们看看当内心产生了孤独感的时候，是如何来应对的？通常的应对方式是什么？

先说其中的一种孤独感，就是这种在关系当中的隔绝感、孤立感，或者是最简单的这种没有人陪的时候出现的孤独感。当这种孤独感产生时，我们通常会怎么做呢？是不是就忙不迭地去找朋友了？找朋友倾诉，或者寻求朋友的理解或者支持。总之，我们需要抓一个人到身边来陪着我们，以减轻这种令人非常不安、甚至有时候会让我们非常抓狂的孤独感。

而我们刚才提到孤独的另外一种滋味，比如说空虚、空洞、无聊产生时，通常又是怎么来应对的呢？我们就去听音乐、看书、看电影、打游戏，或者跑到各种娱乐活动当中，或者起码是做点儿什么事儿，把自己内心的空洞、空虚给它填满。

无论是隔绝感还是空虚感，无论哪种孤独感出现，我们都是用一种填补、寻求陪伴、寻求认同的方式在试图缓解或者解决。然而大家都发现了，这种做法也许有一个短暂的或者程度上的效用，但是它从来都没有从根本上解决"孤独"这个问题。我们内心的孤独感还是深藏在心底，如影随形，所有对治的办法似乎都治标不治本，没有什么根本的效用。

甚至当进一步审视我们的应对方式时，也许会发现正是这种填补以及寻求陪伴、寻求认同的方式，让我们错过了直接去面对和了解"孤独"这种感受的机会。也就是从根本上讲，它不仅仅是没有真正的帮助，甚至产生了某种非常严重的后果（暂且用这个词来表达）。我们所有的对治方式，不仅仅没有什么根本上的效果，而且从本质上来讲都是一种逃避。

"逃避"这个事情实际上是非常要命的，因为只要我们在逃避一个问题，就不可能真正地去面对它、了解它，也就永远无法从根本上解决它。

甚至有时候我们强制自己去面对，或者是强行要求自己去跟孤独感共处，可能依然是一种逃避。为什么呢？这就要从我们逃避的第一步开始说起，逃避其实远远不只是从转身去看电影、找朋友聊天才开始的，那逃避从什么时候就已经开始了呢？

当孤独感一出现，我们就对这种感受进行了一种识别或命名。而且通常识别或命名当中，就已经包含了某种倾向，比如说，当我发现自己很孤独，当管这种感觉叫作"孤独感"的时候，其实已经隐含了"这种感受是负面的，我不喜欢，我不想要"这个含义在里面了。也就是说，我们的逃避从这种带有倾向、带有色彩的命名和识别开始,就已经发生了。然后从这个起点开始,后面一连串的行为都是逃避的后续或者是逃避的一个累加而已。

4. 恰当的应对方式何时发生?

所以说,我们从来都没有真正地面对过孤独,或者真正了解过孤独。

刚才已经说到,只要在逃避,我们就永远无法从根本上解决孤独这个问题。也就是说,我们通常的应对方式,它的本质是一种无效甚至是错误的应对方式,因为它实际上使得孤独这个问题得到了延续。那么什么才是恰当的、打引号的"正确"的应对方式呢?提出这个问题或者回答这个问题,并不是要给出一个如何去应对的办法。因为,如果我们得到一个方法或者得到一个窍门,然后要求自己去照做、去实现,其实只是另外一个对于孤独的对治,是另外一个意志力的行为,这里已经包含了刚才说到的识别和命名的过程。所以我们不会说如何正确地应对,而只会这样表达:恰当的应对方式只有在什么时候才可能发生?

首先,它只有在我们不逃避孤独感时才有可能发生。刚才说到了,逃避不止包含一些非常明显的逃避的行动,也包含了从一开始就进行的这种识别或命名,只有所有逃避的行为都停止,那么这个时候我们才有可能真正地面对它。换一个角度说,真正地了解或面对,在什么样的情况下才有可能发生?那就是我们对于发生在自己身上的孤独感或者任何一种感受,包括情绪、反应,有浓厚的了解兴趣或热情时,才有可能真正地去体会它或者面对它。

今天开始分享时,和大家一起体会孤独感滋味的过程,就是一个在直接面对的过程。不知道大家有没有发现,这样一种面对方式,和我们

平时或者在生活当中面对孤独的方式非常不同。我们在生活当中遇到了孤独，是一种避之不及的态度，也采取了避之不及的各种行动或措施，而从来没有真正地、认真地去体会它。只有我们对于孤独本身有很大的兴趣，才有可能真正地、充分地去体会它。

5. 空虚感产生的根源

刚才提到，我们体会到的孤独有两种比较鲜明的感觉：一种是空虚感、空洞感，另外一种就是隔绝感、孤立感，下面分别来说说这两种感觉。

先说说空虚感、空洞感、无聊感，无所事事的时候出现的一种茫然不知所措的不安感。它是怎么产生的呢？我们有时候无事可做或没想什么事情，这时无论是身体还是头脑，可能都处在一个空置或闲置的状态，处在一个所谓"空"的状态。如果我们对于头脑空着的状态没有产生任何的识别或者评判，它还会变成一种空虚感、空洞感以及无所事事的茫然感吗？或者这样来问，我们内心或者脑子空着的状态，它只是一种状态而已，怎么一下子就跳到空虚感、空洞感这个感觉上的呢？这当中发生了什么或者是什么让一种空着的状态变成了一种空虚感？

我们至少可以从两个非常主要的方面来讲：

首先，我们可能从小到大接受到的教育就是"你不能什么事情都不做，你必须让自己忙碌起来。你要是不做事情，就是在浪费自己的生命、浪费自己的时间，所以你不能空着或者是闲着。"不知道大家对这一点是不是深有感触？我们一旦有一点点儿"空"或者有一点点儿"闲"，脑子里就会出现这个声音："你不能无所事事、你不能什么都不做、你起码得做点什么或起码得想点什么才行。"于是就急于用"事情"、用"想法"、用各种东西把这种空的状态给填满。

那么，我们从小到大接受的、被灌输的、对我们影响非常大的观念："如果没有在做事或不忙碌，就是在浪费生命，哪怕想点什么事情，或者是琢磨点什么事情，都好过什么都不想、什么都不做。"有没有可能是一个巨大的谎言？有没有这样一种可能：什么事情都不做并不是在浪费生命，而是让头脑被各种事情、思绪占满，才是真正地在浪费生命？

因为占满头脑的是什么呢？除了一些必要的、日常生活中需要的技术性工作之外，通常占满头脑的都是些什么东西呢？是不是从本质上来讲并没有什么必要性的东西，比如说过去的一些记忆、经验，也就是说，占满头脑的只是来过去陈旧的东西？毫无疑问，它们是一些已经死掉的东西，它们占满了本来每时每刻都鲜活的一个个瞬间，这些瞬间本来是我们唯一拥有的真实而且重要的东西，但它却被来自过去的、毫无用处而且有害的一堆东西给填满、给覆盖、给浪费了。

所以，这个我们从小到大被灌输的观念有可能真的是一个巨大的谎言，或者是一个巨大的骗局，它不是在阻止我们浪费生命，而是直接在浪费生命。换一个几乎已经被用滥了的说法：当脑子被各种思绪、被来自过去的一大堆东西填满时，我们永远没有办法活在"当下"，活在鲜活的此时此刻。我们是活在陈旧的记忆当中，甚至是活在某种虚幻当中的，并没有真正地、真实地活着，这对于生命是一种直接的、极大的浪费。

刚才提到从小到大接受到的教育当中一个非常重要的观念对我们的影响。从另一个角度讲，这种"空"为什么会变成空虚感、空洞感呢？也许有一个更为本质的原因，就是头脑实际上对"占据"有一种惯性的需要，头脑里的思想会非常习惯性地、非常快速地占据所有的空间。而当我们真的没事可做，或者是脑子里、内心很空时，此刻没有思想的作用，也就是说，思想在此刻体现不出来自己的位置。或者说，这种"空"的状态里没有思想的任何活动迹象，那么对于头脑或对于思想来说，这是一种它无法知道也无法把控的状态，是超出它把控范围的一种状态，于是它就会把这种状态识别成一种很可怕的状态。

6. 隔绝感产生的根源

接下来讲一下，在孤独感当中最鲜明的隔离感、隔绝感是怎么来的？

　　隔绝感、隔离感首先是不是来自我们内心和别人或他人的一种分别感？
也就是说"我和你"，我们两个是不同的，是有距离的。从反面来说，
当我们心理上和另外一个人或其他人没有这种分别感，而是有一种一体
感，还会有孤独吗？

当然，所有人心里都是这么觉得，或者认为这是一个事实，那就是"我和你在心理上是两个分开的个体，也就是我们通常所说的'自我'，我和你的'我'就是两个不同的'我'。"有没有可能这样一个认识，就像刚才提到对我们影响至深的观念一样，也是一个谎言？

　　在心理上或在意识领域，我们每个人之间真的是分开的吗？每个人都抱定的这种分别感、自我感，它究竟是来源于一个事实，还是来源于思想或者头脑制造出来的一个错觉？有没有可能在心理领域或在意识领域，我们并不是一个个分开的个体，而只是一个整体，或者说只有一个整体，是一个一体的存在，所有"人、我、自、他"的分别感都是一个错觉？

　　如果我们抱定这种分别感，那么孤独感就是无可避免的。或者说如果这种分别感来自一个分离的事实，那么人类的孤独，甚至人类之间的冲突就是无解的。

　　那么事实或者真相究竟是怎样的？我和你真的是分开的吗？还是说，你就是全世界，你真的就是全人类，人类是一个整体，人类的意识也是一个整体，分离以及隔绝只是一个错觉？

　　当我们真的看到这样一个事实或者真相，那还会有隔绝感、孤立感存在吗？当然，这一点大家不用认同，也没法直接认同，我们只能重新去质疑，或者是从根本上去质疑，我们每个人内心抱定的"人、我、自、他"的分别究竟是一个事实，还是只是头脑或者思想给我们制造的一个错觉？

　　另外一点，我们无依无靠的感觉，也会带来孤独。而这种寻求依靠的需求中，表明了我们是依赖的、是不独立的，或者说自身是不完整的，其实分裂感、分离感本身就说明每个人都不完整。如果内心是充实的、是独立的、是完整的、是圆满的，就丝毫不会再需要任何东西来填补，也不会需要去依靠任何东西，也不会需要寻求他人的认同或者是肯定了。

7. 面对孤独的方式至关重要

简单回顾一下刚才的内容，当孤独出现时，我们需要完全不逃避，才有可能真正地去了解它，而对它了解清楚了，了解透彻了，才有可能真正地解决孤独这个问题，也就是说，我们面对孤独的方式至关重要。

面对孤独的方式，首先需要我们真的想了解它，就像真的对一件事情或对一个孩子感兴趣时，才有可能看到真实、完整的他／她，这个孩子也只有在这样一种真诚、单纯的兴趣之下，才会展现出他／她的全部。也就是说，只有在这种真诚的兴趣或者热情之下，孤独才会把它的故事原原本本地、完整地讲给我们听。包括孤独是个什么滋味，它的来源是什么，它的去向是什么，它产生的过程是什么，机制是什么……在这样一种真诚的兴趣和热情之下，孤独才会把它的整个故事讲给我们听。当允许孤独把它的整个故事讲给我们听或者展现出来时，也就是当我们真正看清了这个问题的整体，看清了孤独的整体，那么这时"孤独"这个问题才有可能从根本上得到解决。除此之外，没有任何一种方式有效或适用。

再换个方式来表达，关于内心的问题，整体看清意味着什么？整体地看清就意味着问题的消除，所以才说，看清具有多么重大的意义，或者具有多么深远的影响，这是一件需要我们认真体会的事情。

用一个比较容易理解、比较形象的例子来说说这种看清和面对。比如说孤独感，就像是一个在黑夜里跟在我们身后的鬼影，我们通常的方式就是逃避，想逃得越远越好，觉得跑得快就能躲开鬼影的追赶，但是实际上它就是如影随形地跟着我们。那么只有什么样的方式才有可能真正地消除鬼影呢？就是停下逃避的脚步，转过头来，转过身来面对它，那个鬼影在眼光的注视之下，就像一个阴影见到了阳光一样。只要不再逃避，只要认真地直面它，从正面去面对，它就会消失得无影无踪。而这种直面当中不仅仅包括直接体会"孤独感"的滋味，也包括了解"孤独感"产生的根源。

8. 思想的谎言

刚才主要提到了两点，无论是我们受到从小到大被灌输的一个观念的影响（我们说它是一个谎言），还是说我们受到头脑或者思想的这种分别感的蒙骗，我们之所以有空虚感、孤独感，是因为我们生活在思想观念编造的谎言当中。因为无论人类还是整个生命都是一个整体，都是一个一体的存在，心理上的分别感很有可能（现在不下这个定论，除非自己亲自看到）只是一个错觉。

所以，我们需要对每个人抱定的这种"人、我、自、他"的分别进行一种深刻的、深深的质疑。这一点之所以重要或者这种质疑精神之所以重要，其实在进入主题之前也说到了，只有摆脱了思想观念对我们的束缚、捆绑，甚至是欺骗，才有可能看到真相、看到事实，才有可能是自由的，生命的活力才有可能焕发出来，才可能真正地活着，而不是活成了一部机器或者一个奴隶。

9. 全人类的意识其实是一个整体

有位朋友问："需要理解的距离感，也是孤独感的呈现。"这一点咱们刚才提到了，正是因为这种距离感，才使我们产生了孤独感，或者是隔绝感。因为我们是两个人，两个彼此分开的人，只要有两个，有这种分裂，就会有孤独感。而这种距离感、分裂感在每个人内心是一种非常强烈而且非常真实的感受。我们有这种感受是毫无疑问的，确实是这么感觉的，或者是这么感受的。这种分离感，"我"和"你"是两个心理上分开的个体，所以我们之间有距离，这是一种非常真实的感受。但这种感受的来源是真实的吗？也就是说，这种感受有没有可能是来自一个错误的认识或者是一个错觉？或者甚至是来自我们人类有史以来就抱定的一个信念？当然我们不会觉得这是个信念，而是觉得这是个事实（心理上我和你是分开的），所以才会有这么鲜明、这么强烈的分离感和距离感。

但是我们现在质疑的就是，在心理上真的是一个个的个体吗？还是说，从最根本的事实或者真相的层面来讲，人类的内心、人类在心理上、人类的意识、全人类的意识其实是一个整体。或者说，每个人都抱有着"自我"，因为抱有"自我"，所以有强烈的自我感，有没有可能这是思想或者头脑撒的最大的一个谎，骗过了全人类，于是这样一个谎言就变成了我们的现实？

一个谎言说，我们是各自分开的，心理上是各自分开的个体，于是我们之间就互相争抢、互相战斗，各种冲突就周而复始地永远都没有停止过，于是这种分裂就从外在上变成了我们的现实。但是，有没有可能从根本上或者从源头上来讲，这种分裂根本就不是一个事实，而只是被人类错误地抱有的一个类似于信念或者信仰的认识，这真的需要我们深深地去质疑。

从根本的层面上或者从事实真相的角度来讲，人类是一个整体。但是因为每个人都抱有着"自我"，都有强烈的自我感，对于"自我"以及自我感没有深刻的质疑，所以就看不到这个非常根本的事实。说这些并不是要大家直接接受，而是真的要重新审视思想或者头脑告诉我们的一切。包括刚才说到的内容，如果我们没有直接看到这些事实真相就直接接受，嘴上说着"我就是全世界""我就是全人类"，但那只是一个观念，只是一个结论，那同样是在受头脑或者思想的诡骗而已。

看看还有没有其他的问题？再回顾一下或者重申一下今天讲到的一个非常重要的起点，或者可以称得上最初的自由的一点，就是我们面对孤独的方式至关重要。唯一所谓"恰当"的应对方式就是不逃避，直接地去体会和观察以及了解。而孤独产生的根源，我们简要地再回顾一下：

总的来说，我们受头脑或者思想编造的谎言诡骗已久，全人类都是这个样子。思想或者头脑编造的最大的一个谎言就是人类从内心里、从意识上是分开的，而这就是我们所有孤独感产生的根源。那么人类究竟是不是分开的，这需要重新来审视。

10. 思想的主宰与欺骗

有个问题说："思想主宰着我们的生活，调动着我们的喜怒哀乐"。确实如此，毫无疑问。刚才已经说到，我们面对孤独的方式，首先会有一个非常自动化的、甚至是下意识的识别或者命名，而这个识别或者命名当中就已经包含了倾向、评判，而这就是思想在主宰或者是控制我们反应的一个最基本的单元。

于是，我们后续会有一连串的逃避的行为、逃避的活动，从而导致我们从来都没有真正地去体会、面对以及了解孤独产生的过程、根源以及孤独的滋味，使得孤独得以延续。这确实是思想在主宰我们的生活，或者在控制整个生命的一个典型的表现。

那么，为什么说思想制造的是谎言呢？

关于谎言，今天谈到了两点，一点是刚才谈到空虚感、空洞感时提到的，我们本来是一个空的状态，只是空着而已，也许没有做事情，也没有想事情，只是一个很空的状态，但是怎么就变成了让我们抓狂的空虚感、空洞感？这里面提到一个至关重要的作用，就是我们从小到大接受到的教育当中，告诉我们的一个类似于金科玉律的观念，那就是"你不能闲着，你要忙碌起来才不是在浪费生命；你要想事情，你要做事情，你要把自己的所有时间填满。"这个观念就是一个思想当中的典型内容。

刚才已经说到，这个观念导致的并不是真正地阻止我们浪费生命，而是用过去的陈旧的东西把我们的脑袋填满，这才是直接地浪费生命，因为我们错过了每一个鲜活的瞬间。

另外一个更大或者更有弥漫性的谎言，就是我们在说到孤独感产生的根源时提到的，思想或者头脑制造的这种"自、他、人、我"之间的分别，思想造出一个"自我"，每个人都抱持着一个"自我"，觉得心理上各自分开的个体是存在的，是一个事实。这就是思想编造的另外一个巨大的谎言，因为真相或者实际上根本性的事实是我们人类的意识是一个整体，"自、他、人、我"的分别是一个错觉，是一个并不真实存在的划分，是只存在于我们头脑当中的一个划分。事实或者真相是一体，而头脑或者思想告诉我们：分别、分裂、分割、距离才是事实。所以，这就是头脑或者思想编造的一个最大的谎言，骗过了全人类，骗了人类几千几万年。

11. 头脑的欺骗，保护的是什么？

有位朋友问："头脑的欺骗，应该是种保护吧？"

先来看看这个问题，头脑的欺骗，也可以说是一种保护，但是，保护的是谁呢？保护的是人类或者保护的是每个生命吗？还是保护的只是

思想的地位？

头脑当中的内容也就是思想，不停编造谎言或者制造出"自我"这样一个东西，它有什么作用？它的作用只有让思想的位置牢不可破，让思想永远处在一个主导、甚至掌控的地位。如果说头脑的欺骗或者思想编造的谎言起到了某种保护作用，它确保的或者保护的是它自身的地位。思想永远处在了一个掌控的地位，那么生命其实是被伤害的，人类的整体实际上是被伤害的。

刚才已经说到，"人、我、自、他"的这种分别感，实际上直接导致了人与人之间各个层面或者各个范围的冲突，包括战争，人际当中的冲突就更是随处可见了，更不用说内心的冲突是一种更加普遍以及持续的存在。而内心的冲突直接伤害的是身体，现在很多的慢性疾病，其实有很大一部分原因是心理因素造成的，心理上的冲突会直接伤害身体，这一点可能不需要多说。所以，头脑的欺骗或者思想编造的谎言，确实保护了它自己的地位，甚至是某种霸主的地位，但是实际上伤害的是每个人的生命，带来的是人与人之间千万年来的冲突，还有争斗，甚至是战争。

12. 没有"自我"会更好吗?

下一个问题是："没有自我会更好吗？"这其实是一个以现实的状态无法回答的问题。从事实的层面来讲，去除了幻觉，也就是每个人都不再抱有"自我"这个错觉或者幻觉时，人类就是一个和谐的整体，这时才会有真正的合作，才会有真正的和平以及和谐的关系。毫无疑问，那个时候才会是一个真正美好或者崭新的世界。

但是没有"自我"，不是一件可以主动去达成、主动去做到的事情。"自我"的瓦解或消失，只会产生在我们对于"自我"这个错觉或幻觉看清的时候，对于内心世界问题的看清，其实就意味着这个问题的瓦解，这也适用于"自我"这个问题。（因为时间有限，就没有办法继续探讨自我的实质了）。

"自我"究竟是什么？它的本质是什么？它是不是每个人抱有的一个错觉？我们也许现在只能非常粗略或者非常简单地说：是的，"自我"是每个人抱有的一个错觉或者是一个幻觉，而看清它的虚幻性，看清，真的看清，就意味着"自我"可以直接地消灭或者瓦解。那这时，毫无疑问，整个生命就是一种活在真实当中的状态，活在美、活在真相里、活在没有冲突的状态里,这样一个生命的存在,或者很多这样生命的存在,才会让这个世界真正地变美好或者是变和平。

13. 究竟是一体,还是分裂?

一个问题说:"思想的欺骗性,说人是个体的、分离的,事实是人类本是一体,又说到人是依赖的,是不独立的,这似乎有些不清楚,能详细说一下吗?"

人类目前的现状是依赖,是不独立,是因为并没有看到分离的个体是个错觉,或者说是因为没有看到人类本是一体(这里指内心层面的问题),人类之所以依赖或者之所以不独立,是因为我们内心是分裂的。

不止我们自己一个人的内心是分裂的,有各种互相矛盾的想法,而且彼此之间也是分离的或者分裂的。只要我们抱定着或者感受到的是分离,那么必然就会有依赖,就会是孤立的,就会去寻求认同、寻求依靠。只有当我们看清楚了人类本是一体,这时才真正是一个完整的、圆满的生命,才不会依赖,才是既独立又完整,就不会再是一个支离破碎的状态,自身就是所谓"完满"的。

14. 你就是全世界,你就是全人类

关于人类的意识是一个整体,这一点可以稍微再多说两句,虽然这是一个非常难以说清楚的问题,或者说这是一个非常难以看清楚的真相。我们以为真实存在的"自我",或者以为真实存在的、心理上和别人分

开的个体，它其实只是脑子中或意识当中的一个概念而已，也就是说，我们以为作为主体存在的"自我"或者"我"，其实只是意识当中的一个内容而已。它只是一个意识内容，它的本质只是一个念头、一个思想或一个概念而已。

所谓的"自我"，或者再换个说法，就是思考者，它只是思想而已，那么存在的只有思想，只有意识内容。意识主体，也就是"我"，并不是一个真实的存在，存在的只有思想、只有意识内容，"我"只是意识内容之一。所以"人、我、自、他"的划分，它并不是一个真实的存在，而只是存在于意识内容当中的一个划分。当"人、我、自、他"的分别并不真的存在，那么人类的意识就只是一个整体。

虽然我们是用逻辑的方式在表达这件事情，但是这个事情本身并不是这样一个"因为、所以"的关系，因为这个事情其实非常简单，或者事实非常简单，就是人类的意识是一个整体，而我们以为的和别人分开的"我"，只是头脑或者思想制造的一个分别的错觉。

再补充一句，今天咱们说到的内容或者说到的话，大家不需要直接接受。把它接受为观念或者结论，只会妨碍我们直接看到事实。思想或者头脑告诉我们的一切，究竟是不是欺骗，是不是谎言，这需要每个人重新深深地去质疑，认真地去审视，才有可能看清这些问题的真相。直接接受一个说法，于事无补，甚至很有可能成为直接看清事实的障碍。

二、穿透思想，跟生命对话

2021-11-4

1. Sue 是和大家并肩探索的朋友

好，各位同学，晚上好！

听到"同学"这个称呼，不知道大家会有怎样的一种感觉，是觉得有些熟悉、有些亲切呢？还是觉得有点奇怪、有点不习惯？因为 Sue 自称不是老师，为什么还把大家叫作"同学"呢？

没错！Sue 不是老师，"同学"这两个字并不是老师对学生的称呼，而是一个同学对另外一个同学的称呼。也就是说，Sue 也是一名同学，和大家一样，大家都是同学。甚至"同学"这个称呼也不是一种关系的定位，因为关系只要定位下来，就是固定的，就会形成一种框架，而是"同学"只是用来表达我们之间的这样一种关系：我们是并肩同行，走在人生的探索路上或者心灵的探索路上的朋友。

我们之间是一种相互平等的关系，而且这种关系之间有着鲜活的互动以及流动，它不是固定的、不是静止的，我们之间有某种东西在流动着、

在流通着。虽然看起来现在只有我在讲话，但是我们之间是有某种流动在发生的，就像是两个带着友爱和友好的朋友一起并肩走在路上看人生的风景。

这一点之所以要说在前面，甚至之后可能还会反复提到，因为这一点真的非常重要，不只是对于接下来几天的分享非常重要，而且连同我们将会讲到的其他几点，大家也许会发现，对于每个人日常生活、每时每刻的生活来讲，都是非常重要的一点，待会儿也许就会说到为什么这是非常重要的一点。

2. 主题分享讲述的不是知识和经验

下面继续今天的主题分享，这是"自己才是解开一切的钥匙"系列分享的第一次，题目叫作"穿透思想，跟生命对话"。

就像大家在海报中已经看到的那样，说 Sue 是一个没有身份的人，是一个 nobody。说到这儿，我有点儿好奇，除了有一些朋友之前认识 Sue，或者对 Sue 有一定的了解，其他那些朋友是怎么被骗来或者怎么被忽悠来，听一个什么都不是的人，也就是一个所谓的"素人"讲话的。

这是个小玩笑。虽然刚刚开了一个小玩笑，但今天分享的以及接下来几天分享的内容完全不是玩笑，也不是一场娱乐活动或者一场消遣，不是用来给大家闲极无聊打发时间的，而是我们要讲到一些非常重要也非常关键的问题。大家可能在之前的几篇文章里面已经看到了，我们接下来要讲到的可以说是一些生死攸关的问题，这些问题的真相是否能够被看清，关系到我们是不是活出了生命的本质，是不是活得像一个真正的生命，而不是活得像一部机器，或者活得像行尸走肉，或者像个僵尸。

刚才已经说到，Sue 不是老师，也不是专家，也不是权威，这么说完全不是标新立异，也不是故弄玄虚，也不是故作姿态或者假装谦虚，而是 Sue 真的不是老师。既然不是专家，也不是老师，也不是权威，那么今天的分享以及接下来几天的分享，就不是上课，也不是讲座；不是要给大家灌输什么知识或者传授什么理念，也不是要给大家讲一些什么新奇的概念；甚至也不是要给大家介绍一些方法或者窍门，来解决我们生活中的某些具体问题；也不是要给大家讲一些故事，比如说 Sue 个人经历过的故事，或者是 Sue 所谓的个人经验，都不是。虽然可能在后面的某次分享可能会小小地提到一点关于 Sue 个人的事情，但是依然会很少。

也就是说，我们交流的主要内容不是知识，不是理论，不是经验，不是记忆，也不是任何的观点、概念，因为我们将要分享或者探索的领域，这些东西统统不适用。如果我们探索的是有关科学技术这个领域，那么知识、概念、经验甚至方法就是需要的，比如说，我们要学习数学或者物理，那就需要起码先学到一些基本的概念、一些公式、一些方程，或者要学习一些方法；再比如说，我们学习英语，除了背单词之外，可能要学习一些语法知识。在学习科学技术的领域，或者学习语言的领域，甚至比如说，学习钢琴，在这些领域是需要知识、需要概念、需要方法的，也是需要老师来教授这些知识和技能的。

但是，我们要探索的领域是有关内心领域以及心理层面的问题，刚才说到的那些知识、概念、经验、理论在这个领域完全不适用，不仅是完全不适用的，是无效的，而且是有害的。也就是说知识、记忆、经验、理论甚至方法在这个领域是有害无益的。至于为什么是这样的，我们在后面几次分享中会详细展开来讲。

今天可以稍稍提到一点，或者是简略地说一下，因为刚才我们说到的那些东西，包括知识、包括理论、包括经验，里边都包含了一种东西叫作"心理时间"，而"心理时间"对于人类来讲是最具破坏性的因素之一，它是全人类的敌人。可以说，每个人内心的痛苦、挣扎、纠结以及人与人之间的所有纷争、冲突，包括战争都是由这个东西带来的。刚才我们提到的那些东西或者那类东西，因为包含了"心理时间"，它们只要在心理领域出现，或者在内心出现，其实就具有极大的破坏性，它以毒药的形式出现，所以它完全不适用于我们将要探索的领域，具体原因接下来几天再讲。

3. 探讨生命中那些鲜活、真实的重大问题

说到这里，大家会不会有一个疑问，我们平时的交流谈话，甚至聊天，说的基本上就是这些内容，要么讲知识，要么讲经验，要么讲故事，要么讲一些理论或者是理念。要是不讲这些东西，还有什么东西可讲吗？接下来说一说，在分享或者在探索过程中，在事关人生以及内心很多问题的探索中，我们互相交流、分享的究竟是什么？为了能让大家更好理解，我们举一个更加生动的例子，也许大家就能够体会到将要分享的是什么内容。

比如说，我们两个就像是一起走在路上的朋友，一起去观赏桂林的山水，一起去欣赏漓江的美景。在欣赏美景的路上，我们一起分享的、共享的是什么呢？首先，我们分享的、共享的是眼前的美景，一起处在一种鲜活的、充满了生命力的美当中。那么，眼前真实的美就是我们在分享、共享的东西。一起走在漓江边上，这时也许我们有言语，通过文字或者语言交流，也许没有，无论有没有，我们共享的或者一同处在的都是那份充满着活力的、鲜活的美和美景当中的。而这些共享、分享的东西，即便我们之间没有言语，彼此是在一起的，也一同和那些美景在

一起。这时我们也可以通过说话来交流彼此新鲜看到的、感受到的美，我们交流和分享的是鲜活的、充满了生命力的东西，一种真实的、美的东西在我们之间流动着，即便不说话，也有一种真实的东西在我们之间流动。

除了分享我们随时的感受或者随时的发现之外，偶尔可能也会出现这样一种情况：比如说，在某一个时刻，你可能碰巧看向了其他的地方，而我看到了一个非常美的景色，于是，这时我拍拍你的肩膀说，"嘿！老兄！"或者"嘿！伙计！来看看这边，这边简直太美了！"于是你转过头来就看到了和我看到一样的那幅美景，所以最重要的、最关键的不是 Sue 看到了什么，而是你能不能一起同时看到鲜活的、叫作"生命力"的美。

再说一遍，我们看到的是鲜活的美，而不是照片，对不对？在那样的美之前，我们没有必要看照片，对不对？我们没有必要去看一幅关于漓江的明信片或者风景画，对不对？因为那幅真实的美景就在我们面前，

甚至可以说，如果再看照片或者看一幅风景画，它恰恰因为挡在了我们面前，让我们没有办法看到那幅真实的美景，让我们没有办法去直接接受那种让人震撼的美的疗愈，对不对？

简而言之，当我们走在漓江边上，分享的、共享的、交流的同时，一起共同处在的是那种具有鲜活的生命力、具有磅礴的力量以及治愈力的美当中。同样，在今天以及接下来几天的分享当中也是类似的，我们两个就像是一同走在人生探索的路上，或者生命的探索路上，或者心灵探索的路上，或者自我探索的路上的两个朋友，我们要一起做的也是亲自去看这条人生路上的景致，就像在漓江边上亲眼看到美景一样，我们要做的、要分享的是在这条人生探索的路上随时看到的风景。

我们交流的是人生的重大问题，比如关于真相、关于爱、关于美、关于智慧、关于自由、关于健康，这些十分重大的问题，我们在探索过程当中亲自发现的、新鲜发现的、随时发现的东西，我们交流的、分享的、共享的是这样的性质的东西。换句话说，哪怕现在看起来好像只有

Sue 一个人在讲话，但是我们是一同走在这样一条人生的探索路上的。我们之间流动、传达、分享的是鲜活的东西，随时的发现，新鲜的发现，而不是刚才我们说到的那些东西，不是知识，不是经验，不是记忆，也不是理论，不是任何的概念，而是真实的东西。

4. 保持内心空无地倾听

在我们分享、互相交流这样一些带着真实性的东西时，我恳请大家能够认真倾听。倾听的意思其实不是听从，不是听取，也不是听信，而只是内心安静，内心空无地倾听。对于 Sue 讲的所有内容，既不接受也不拒绝，既不赞同也不反对，既不同意也不拒绝，而只是看看我们将要分享的或者将要探讨的那些问题的事实或者真相是怎样的，或者是不是 Sue 所说的那样。因为她是在随时交流新鲜的发现，就像看到了一幅美景在指给你看一样的，重要的不是她发现了什么，或者她看到了什么，而是你能不能同时看到、同时发现真实的充满着生命力的东西。

而在这样的一种内心安静、内心空无的倾听当中，刚才提到的那所有一堆东西：经验、知识、理念、概念、结论、观点恰恰是没有任何位置的。它们只要出现，其实就是作为障碍、作为屏蔽出现的，所以在分享或者倾听当中，恳请大家把那些东西暂时放下，哪怕是暂时放下，我们之间的流动和分享或者互动才有可能真正发生。没有了那些东西的障碍或者屏蔽，其实就意味着我们已经穿破了思想，或者是穿透了思想的迷雾，一起在触摸某些非常真实的东西，就像我们亲眼见到漓江的美景一样。而这时发生的交流、互动才是生命与生命之间的对话。

再重申一下，我们的关系只是一同走在生命探索路上的两个同行的朋友，是并肩同行，因为我们都对同一些人生重大问题感兴趣，所以就一起来看这些问题的真相，是直接看、直接触摸，就像你直接摸到一朵花的质地，或者闻到一朵花的香气一样，去看看那些问题的真相是什么。

而触摸到真相意味着什么？不知道大家有没有体会过（哪怕在非常短暂的一瞬间），那是怎样的一个过程，或者是怎样的一种感受。因为真实是自带力量的，真实或者真相具有巨大的力量。当我们触摸到了真相或者触及了真实，实际上就是和某种广阔到无边的东西在一起的，就处在它的包裹或者包围之中，就在被某种可以叫作"美"或者可以叫作"爱"的东西所疗愈、所治疗。

就像你身处漓江畔，你真的感受到了那份美是真实的美，那份美是可以直接带来疗愈的力量的，这就是真实的力量。当然真实的力量远远不止于此或者远远不止于这么狭隘，它所包含的力量其实是无边无际的，而只有触摸到了真实，活在真实里，而不是活在错觉或者活在幻觉里，我们才可能活得健康，才可能具有真正的智慧，才可能内心没有冲突，而且与他人之间不制造冲突，自己才可能真正平和、喜悦地活着，才可能从自己出发，开始建立一个真正和谐的世界和社会，才可能每时每刻都活在一种盛大的喜悦里，才可能在唯一真实的每个瞬间真正地活着。

其实生命唯一的真实或者唯一真实的只有此刻这个瞬间，这个瞬间我们要么是活着的，要么没有。生命中唯一的这个瞬间，我们要么是活在爱和美当中，要么没有，没有任何中间的状态。所以一开始说，是否能够触摸到真实或者看清那些人生重大问题的真相，其实是一件生死攸关的事，它决定着我们唯一真实的此时此刻是不是在真正地活着。当我们没有活在真实里，而是活在幻觉里或者活在错觉里，那其实就没有在真正地活着，或者就是活得像一部机器，像一部被头脑里的思想、某些执念、欲望操控的机器。

关于"倾听"这个问题再重申一下，就是在分享的过程当中，大家不能抱着任何先入为主的看法，不能抱着既有的观点来倾听，因为抱着既有的观点和看法、甚至是知识，就像我们走在漓江边上看风景时，把一张照片挡在眼前，于是再也看不到真实的美景了，所以这一点真的至关重要。大家是不是能够内心空无、安静地倾听，就决定了分享的品质，决定了彼此之间这样一种交流的品质，甚至可以说，交流的品质并不真的取决于 Sue 或者取决于在讲话的人，而是取决于大家是以一种什么样的方式在倾听、在接触所探讨的那些问题的真相，或者说，大家倾听的方式就决定了我们之间的对话是不是一场生命与生命的对话，是不是一种心与心的对话，还是只是头脑与头脑之间的对话，或者思想与思想之间的对话，那样的对话其实不算是对话，因为真实的流动并没有发生。

5. 问答

（1）什么是鲜活？

有同学问："什么是鲜活？"

我不知道大家有没有真的看过一朵花，或者闻过一朵花，用你的全身心去看它，或者你可能用手去触摸那朵花的花瓣，摸一下它的质地或者闻一下它的香气。我不知道那朵花传达给你的是不是就是一种非常鲜活的扑面而来的生命力，或者说鲜活是一种存在的状态，是你真的用心去触摸、去体会、去面对生活中的一切时，那时就是一种鲜活的状态，或者反过来说也可以，鲜活只有在不鲜活的东西不在时才会出现。

什么是不鲜活的东西？就是今天反复提到的那些头脑里在活跃着的，不管是经验还是记忆、还是想法、还是知识，那些东西一出现，我不知道大家是不是就能感觉到，你和花之间的连接就被切断了，你就没有办法直接感受到那朵花的鲜活和生命力，而是有些东西挡在了中间，就像一张照片挡在了你和漓江的山水之间一样，这时就失去了鲜活的品质，而鲜活就发生在这些东西不在时，或者哪怕是暂时不在，你用你的全部存在、用你的全身心去触摸那朵花，或者是去触摸那个人，或者去触摸你见到的一切，那时是有一种鲜活的味道或者鲜活的品质传过来的。

好，关于鲜活这个问题说到这里，可以了吗？

（2）鲜活是流动的吗？

"鲜活就是流动吗？"

也可以这样说。或者起码是有生命力的流动，或者是生命力充盈的一种感觉，"活"其实是相对于"死"的，对吧？就像你看到一个活蹦乱跳的小生命在你眼前，和看到一个没有生命的东西，或者它死去时的状态，是不是完全不同？那生命力充盈的状态可以就叫作"鲜活"。

（3）探索需要交流吗？

有同学问："探索可以自己探索，不和其他人交流吗？"

其实自己探索也没有什么不好，或者没有什么不对，只是有一个情况，我们的很多误区或者很多盲区，自己是看不到的。而在关系里，尤其是在和人的关系里边，可以互相交流，彼此是对方的镜子，可以照见彼此，可以从对方那里看见自己的样子，而这个样子有时候自己是看不到的，这就是交流的意义，或者刚才说到的那种流动的意义。因为很多时候我们真的是盲目的或者是有盲点的，互相照镜子的时候，可以发现很多自己看不到的东西。当然在关系里头去探索，或者通过照镜子的方式去探索和独自探索，其实完全不是矛盾的，它可以完全同时进行或者可以说是互补的，或者都是必要的。

（4）鲜活是不带评判的感受吗？

看到了一位同学的回复说："我理解鲜活就是打开五感，全身心去体验时的感受，不带知识评判，只是去感受。"

没错，或者哪怕这个时候知识或者是评判出现了，也可以去发现知识和评判的活动，去直接触摸它们的活动。那么这时因为也是有直接的接触发生的，对于事实的直接的接触，那么这里也是有流动、有鲜活、有生命力在的。

（5）倾听就是放空头脑吗？

有同学问："倾听过程中，脑子里自然而然地满是画面，是不是就没有放空自我地倾听？"

对，可以这样说。但是就像刚才回应上面的问题一样，即使我们脑子里出现了画面，即使我们脑子里充满了东西，对于这个状态也没有必要抗拒或者是评判，这个状态也是可以直接去了解的。对于脑子里满是东西的状态的直接触摸，其实也是一种鲜活的触摸或者鲜活的感受过程。简而言之一句话，就是我们身上实际发生了什么就去看什么，就去了解什么。对于自己身上实际发生的事情不需要有任何的评判或者抗拒，它需要的、唯一需要的就是我们直接地去触摸、去看、甚至是去拥抱。

（6）抑郁症是对头脑中意象的抗拒吗？

有同学说："精神病、抑郁症是不是都是对旧有的各种意象的抗拒？"

可以这样说。其实抗拒和接受是一回事儿，对于那些意象的抗拒，实际上就是被那些意象控制的表现，抗拒和被它控制，其实完全是同一件事情，并不是两件不同的事情。或者说，精神上或者心理上出现的诸多问题，其实就是心中或者脑子里的各种意象，非常顽固地存在以及非常强势地在起作用，是这些东西的存在以及这些东西的运作，造成了心理上的各种问题。简而言之是这样的，而这一点需要我们直接看到或者直接触摸到。也就是说，对于这些意象的存在以及它们的运作所带来的影响、后果，需要我们直接地触摸，在触摸中对它们直接地看清，才有可能瓦解各种意象对我们的控制，才可能从各种心理问题当中解脱出来。

三、真正能帮到你的，只有你自己

2021-11-5

今天是"自己才是解开一切的钥匙"这一系列分享的第二次分享，题目叫作"真正能帮到你的，只有你自己"。听题目就可以知道，今天的这次分享是最贴近大主题的一次分享。今天的分享流程稍微做一下调整，简单来说，从互动环节开始，最后再以互动环节结束，中间是主题分享的部分。

1. 问答

我们一开始会选择或者挑选三个问题来回应，但是这三个问题的提出有一个比较"苛刻"的条件，也就是说，这三个问题只能由既没有读过克（克里希那穆提的简称，下同），也没有深入地研究过宗教，包括佛教，而且也不是心理学或者心理咨询专业人士的同学来提出。再说一遍，提出这三个问题的同学既不能读过克，也不能深入地研究过或者是接触过宗教，包括佛教，而且也不能是心理学专业的人士。开篇的这三个问题可以由这样的同学来提出，不知道这样的同学多不多，也不知道他们有没有什么自己真正非常关心的切身的问题或者挂怀的问题。

（1）接受和抗拒

在这些问题被提出来之前，我们先来回应一下从昨天到今天在群里提到的比较多的一个问题，就是关于接受和抗拒的问题。我们之前已经说到了接受和抗拒是一体两面，听起来相反的两个东西，我们一个一个地说，先说"接受"这一点。

好，先回应一下一位同学的提问。其实不是有这样一种限制，是给不太了解克，也没有什么宗教背景或者心理学背景的同学一个机会。因为大家发言比较多的可能还是对于克、对于佛教、对于心理学比较了解的同学，而可能对这些不太了解的同学就不怎么有发言或者提问的机会，所以先把这些机会留给这样的一些同学。在主题分享过后，最后的提问环节，大家就可以畅所欲言，提自己想提的问题了，好吗？

好，我们接着说"接受"的问题。接受，有一个意思相近的词，就是"接纳"，这个词可能听起来会更好听、更动听，或者在心理学领域甚至灵修领域是被比较高频地提到的一个词。但是无论是"接受"还是"接纳"，它背后或者它底层有一种什么样的味道，或者它隐含着什么呢？

大家其实可以稍微细致地来体会一下。我们用一个可能更容易理解的例子，比如说，当我们遇到了一件很开心的事情，或者有一件事情让我们特别满意，这个时候我们会告诉自己说，你要接纳、你要接受这个很好的结果吗？当一件事情让我们很满意、很开心时，此刻我们敞开怀抱去迎接它还来不及，还要告诉自己去"接纳"吗？是不是只有在一件事情可能让我们没那么满意，不太开心时，我们才说要接纳、要接受，就好像一个结果是比较负面的、比较糟糕的结果，但是现实无法改变，此时才对自己说："好吧，我们来接纳，来全身心地接纳，来接受它。"

在对一件可能不太满意的事情的接纳当中，其实已经包含了什么呢？已经包含了我们对于那件事情的一个评判，也就是说，那件事情可能是一件不太好的事情，是一件暂且可以叫作"负面"的事情，才需要去接纳它。刚才已经说到，一件很开心的事情，我们不会告诉自己去接纳它，对吧？

也就是说，我们通常的接受或者接纳，除了包含了一种无奈的意味之外，其实已经包含了对于那件事情的一个看法，一个通常是负面的看法在里面，而这样一个负面的看法让我们觉得不太好，对它不太满意。其实这样一个看法里面已经包含了抗拒，对那个结果的出现是有些抗拒的，但是无力改变，所以我们才告诉自己要接纳，比如说，接纳自己的缺点，接纳自己不太完美的自我形象等等诸如此类，这里面通常都已经包含了一个负面的评价，也就是包含了一种抗拒在里面，它是一个先入为主的因素，已经存在于那里了。所以说，通常的接受或者接纳其实已经有了一个抗拒的底色，哪怕说我们要全身心地接纳，或者在全身心地接纳，抗拒的底色也已经在那里了。

接下来再说说抗拒。抗拒刚才已经说到了，通常是抗拒一件不太好的事情，这个词是在昨天一个问题里提出的，说抗拒是不是对于某些旧有的意象的抗拒，比如说刚才提到的例子，自己的缺点，或者是自己一个不太光鲜的自我形象，对它的抗拒或者对这类意象的抗拒，这一点或者对于这种所谓负面东西的抗拒，我们是比较容易理解的，但是实际上抗拒的是什么呢？

我们抗拒的是意象的内容，比如说，不太完美的自我形象，抗拒的是意象的内容，但是这个抗拒里面包含着什么呢？虽然抗拒的是它的内容，但是包含着对于意象或者也许不太完美的自我形象的看重。也就是说，我们其实已经接受了关于自我形象或者关于意象的某种重要性和真实性。虽然抗拒的是意象的内容，但实际上我们已经接受了或者已经相信了意象的重要性以及某种真实性。这么说吧，对于一个既不重要也不真实的东西，我们都不在意它，哪里还来的什么抗拒呢？

所以说，虽然看起来是在抗拒那个东西，但是实际上我们已经接受了它，已经接受了它的重要性和它的真实性，而不再怀疑意象这个东西它本身是不是重要的、是不是真实的，它的性质是什么，我们已经不再怀疑了。所以说，在这样的一种抗拒当中，其实也包含了一种非常深层的、非常底层的"接受"，而且是对这类东西总体的一个真实性或者是重要性的"接受"。所以从这个角度来讲，我们的抗拒里面也包含着接受，一种更深层的接受。

这个问题就先说到这儿，关于抗拒和接受，这两个东西看起来相反，但是一体两面的。

接下来一起来看一下有没有符合一开始说的那些条件的同学，提出来一些自己关心的问题。关于自己生活当中的任何问题都可以，只要是一个自己真正放在心上或者是关心的问题，是自己一个切身的问题都可以。比如说，感情问题——失恋，或者是自己在人际关系中受伤了，类似的问题都可以提出来。没有问题提出来吗？

对于最后一个问题再简单回应一下，接受和抗拒，主要是在说我们的心理反应，对于发生的一件事情，我们是以一种什么样的态度或者是方式在反应。如果有人打我们，是需要躲开的，但是也许也不一定叫"抗拒"，而是一种适时的闪躲或者自我保护的本能的反应。

（2）健康是什么？

有同学问："能详细说说健康吗？怎样才算健康呢？"

其实这是我们下一个或者明天分享的主题，那个主题叫作"只有治愈内心，才可能带来整体的健康"，如果我没记错的话。但是今天可以先稍稍谈一点点健康是怎样的一种状态。换个词，可以说它是一种完整的状态，或者说它是一种全面的健康，只有处在一种整体的、全面的健康状态里，才能算是真正的健康、全面的状态或者全面的健康。简而言之，就是从身到心，从内到外都是健康的。而实际上很多身体上的健康问题或者身体上的疾病，就是由心理上的很多消耗或者冲突、挣扎带来的，也就是说，心理上的问题，很多时候是以身体上的疾病在展现或者在呈现的。

（3）生命的意义

有同学问了一个问题，说："我想知道人活着的意义是什么？是来体验生活，是在活着的时候做一些有意义的事，做一些对别人、对社会有价值的事，然后临终离开时就不会感到遗憾吗？听说好像每个人都会死，都会轮回，轮回的意义又是什么？我现在过得浑浑噩噩的。"

好，现在就来看看这位同学的问题。首先，第一个核心的问题，人

活着的意义是什么？我不知道提出这个问题时，或者大部分时候提到这个问题的情况，是不是已经感觉不到人生的意义或者生命的意义了？我们在为人生或者生命在寻找一种意义，但是无论是人生还是生命的意义，是可以由头脑或者由人为赋予的吗？还是说当我们寻找意义的时候，通常是已经觉得生命空虚、空洞或者虚无了才会寻找意义？

但是，也许生命的存在或者生命本身就是意义，这个意义或者生命本身的意义，存在本身的意义，它与任何人为赋予的价值或者是观点都无关，它本身就是意义，或者它就是意义本身，而驱动我们去寻找意义的空虚或者空洞，有没有可能恰恰就来源于我们的寻求。或者说换一个问法、换一个词，就是有没有可能恰恰来自我们想要达成什么样的成就或者目标，是来自这样的一种欲求，于是就体会不到生命本身存在的美、秩序以及它的意义？

不知道这位同学的问题是不是可以换一个方式来表达，生而为人有没有什么可以叫作"使命"的东西呢？而这个使命不是任何人为赋予的使命，也不是任何人为赋予的价值，它又是什么？——如果有的话。生而为人，有着高度发达的智力或者智能，有着非常复杂的思想，建造了很多自然界里本来没有的东西，也构造了社会，我们的这些活动有没有可能恰恰是需要仔细地去了解、观察以及看清的？

也就是说，生而为人，不同于普通的动植物，我们有一个发达的大脑，有很多的人类活动，但是这些人类活动究竟是在什么样的东西的驱动之下做出的？是怎样呈现着这个过程的？我们也许首先需要把自身的活动以及是什么驱动自身的活动这整个过程搞清楚，也就是说，每个人的行为以及整个人类的行为，究竟是在怎样的动机，在什么东西的驱使之下做出来的？

这个非常大的问题恰恰是我们生而为人的首要工作，也就是把它搞清楚，也许在这个探索或者了解的过程当中，会发现我们不自由、受控的状态，对于这种不自由或者受控状态的了解，就有可能摆脱这种不自由的受控状态，于是我们就可以活成一个真正自由的、真正智慧的、有着美和爱的生命。

因为人类或者每个人目前确实有着太多的局限，大家可能都有非常切身的体会或者感受，对于这种局限、对于这种不自由，我们可能都有强烈的感受。所以生而为人也许首要的使命就是搞清楚生命有没有可能获得真正的美和自由，具有真正的慈悲和爱，这就是我们社会人的首要使命，或者就是人生首要的意义。

在探索最根本的问题的过程当中，也许会发现自己擅长什么，自己的天赋是什么，或者自己的天职是什么，其实那也许就是一个非常自然或者顺理成章的过程。再多说一句，生而为人的所谓"独特性"就在于我们和普通的动植物不同的一点：人类是生而受限的。受什么东西的限制，我们之前已经稍微提到了一点点，那就是受头脑里的东西，受意识内容的限制，受它们的驱使，在欲望的推动下生活，在构建社会。那人类的独特性，也许就在于可以从这种局限性当中解脱出来，成为一个真正意义上的、健康的、完整的生命。而这种独特性是普通的动植物没有的，因为它们没有这样的限制。

（4）为什么会想念一个人？

再回应最后一个问题。有同学问："恋爱了，为什么总是频频地想念那个人，或者想念那种感觉？"

这个问题可以先抛回给提问的同学或者大家，为什么总是留恋或者是想念某种感受？毫无疑问，感受让我们感觉很好，对不对？简而言之，让我们很舒服，很开心，给我们留下了美好的回忆，所以总是想念。通常也会说想念那个人，但是这个地方我们也许就需要打一个问号了，我们想念的真是那个人吗？好像想念和那个人是有关的。

这么问吧，当所谓想念某个人时，实际上自己的心里或者脑子里、身体上发生的是什么呢？想念发生时，通常那个人不在我们身边，对吧？我们其实并没有和他发生真实的互动，他可能在另外一个地方，但是我们心里就升起了对这个人的思念或者想念。所以，当想念发生时，实际上存在的过程就是心里的某个心理记忆，当然通常是美好的记忆，重新在头脑里或者心里泛起，于是引发了可以叫作美好的或者甜蜜的感受，是这样一个过程。也就是说，实际上或者本质上是一个由心理记忆引发感受，甚至身体感受的一个过程，和想的那个人其实没有什么关系。

说到这里，不知道是不是会打击到大家或者打击到很多朋友，但也许这才是真相。也就是说，所谓的想念只是我们的心理记忆运作引发某些快乐的或者甜蜜的感受的过程，和实际的人并没有直接的关系。

但是，当真的爱一个人或者和爱的人之间有某种连接时，那是不一样的。而这种连接其实和记忆是没有关系的，那种连接就是即使两个人不在一个地方，但是也有一种没有距离的感觉，那是一种直接的连接。这种连接里边没有思念的苦，甚至连"甜蜜"这个词也不太恰当，因为没有距离，所以没有思念的苦，而是只有两颗心在一起，即使两个人不在一个地方。这是真正的关系发生时的一种状态。不知道这一点大家是不是能够体会到，或者是能够感受到。

再补充一句，在那样一种两颗心没有距离的连接当中，其实是没有想念、思念的，因为两个人的心在一起根本就没有分开，想念或者思念通常只有在两个人分开或者是感觉分开时才会出现。当你们的心在一起，从来都没有分开时，其实连思念和想念都不会发生。

这个问题就先回应到这儿。如果觉得说得还不是很透彻的话，我们可以在最后一次分享关于"爱"的主题里面再涉及一下，或者是再来探讨一下。

好，下面就开始我们今天的主题分享。

2. 关于权威

真正能帮到你的，只有你自己。

在说所谓的"帮助"其实并不存在之前，我们还是简单地把几个非常重要的点再重申一下。

我们进行的分享不是要给大家讲什么道理，或者说服大家接受什么，这个 Sue 也不是在这里照本宣科地读稿子，她甚至不想改变你，也不想影响你，或者说其实对于结果不抱任何的期待。在这个过程当中，如果你触摸到了某些真实，于是发生了某些改变或者是变化，或者卸去了某些局限或者负担，其实也完全是因为你在倾听的过程中是内心空无的、是心无旁骛的，于是你自己亲身触及了某些真实的东西，给自己松了绑，那其实帮到你的是你自己，而不是别的任何人。是你的倾听帮到了你，而不是这个在讲话的人帮到了你。

今天因为要讲到帮助是否存在，或者别人的帮助或者外在的帮助是否存在这个问题，有一个问题是离不开的，那就是关于"权威"的问题。

因为我们通常会觉得一个权威人士，因为他权威，他给我们的建议或者意见，也许就会在很大程度上能够帮到我们，我们来看看是不是这样的。

首先，我们还是需要简单地所谓"区分"一下领域的问题，在科学领域或者是技术领域，可以说存在一定程度的权威，虽然这个词还是非常地不恰当。比如说霍金，他就是量子物理学或者是物理学界的大咖，他在物理学方面就是懂得比我多，对吧？在这方面可以说他是权威，我如果要学习物理学可能是需要向他学习的。在一些技术方面可能也存在类似的情况，甚至还有，比如说法律的权威或者是警察的权威，他要给你开张罚单，因为你违章了，他具有这种权威。

我们探讨的其实不是这个范畴的权威，而是主要涉及内心的那些问题，或者关系当中的那些问题。在这些事情上权威起到了一个什么样的作用呢？比如说，我们把某个人当成权威，就拿"克"来讲，很多同学可能把"克"已经当成了权威。虽然很多时候不承认，但是举一个例子或者说一种情况，当我们遇到一些事情的时候，心里自然不自然地就冒出来一个问题："如果在这种情况下，克会怎么做或者克会怎么反应？"不知道这是不是大家身上经常会出现的一种状况。其实这个情况的出现就已经说明了我们把他当成了权威，总是想借鉴他的做法，或者借助他说过的话去处理我们遇到的问题。这其实已经是把这个人或者他的话权威化的一个非常典型的表现了。但是，在事关内心问题或者关系问题的探索当中，或者当我们面对和解决这些问题时，要是把一个人当成权威，那会怎样？

"权威"的意思是，我们会大面积地或者是大比例地接受他说的话，或者听从他说的话，并且按照那些话去行动、去反应，接受或者相信的那些话，就已经作为心里或者脑子里的存货在那里了。昨天已经说到，当内心里存了一些东西，内心就被那些东西占据，它的作用就相当于我们看美景时，眼前放着一张照片一样，于是再也没有办法直接看到眼前的景色了。

也就是说，内心是被占据的，被占据其实同时意味着不敏感，也意味着不清醒。因为我们是被某些东西蒙住了心或者蒙住了眼睛，已经一定程度上盲目了，就像眼前真的有一团非常厚的雾气一样，没有办法非常清晰、非常清醒地去看我们探讨或者探索的那个问题本身了。而且当内心被那些东西占据时，我们其实也失去了独立性，变得依赖。

依赖其实是一个非常危险的事情，或者说依赖这种行为本身，就把我们放置到了一个非常危险的境地，因为依赖别人、依赖外物、依赖外

在的东西，而外在的东西只要有差池或者出现问题，我们就无法应对。

简而言之，依赖是一件非常危险的事情，因为你就把你自己的幸福、你自己的快乐寄托在了别人的身上。就是"at the mercy of somebody else"。你把自己交给了外境或者是外物，这真的是一件非常危险的事情。所以说，如果把一个人或者某些知识当成了权威，那就意味着我们丧失了内心的空无，丧失了独立性，丧失了清醒敏感地去看事情、去应对事情的这样一种能力和状态。这一点可能需要非常地警觉。当我们依赖权威时或者把什么人当成权威时，我们就丧失了敏感，也就丧失了警觉性，就会被蒙蔽，于是变得昏沉。

而且把某个人当成权威，这个说法其实非常不准确，为什么呢？一个活生生的人会成为权威吗？或者一个死人会成为权威吗？比如克，他这个人生命已经不在了，如果说把克当成了权威，实际上成为权威的究竟是什么呢？是这个人吗？但是这个人已经不在了，实际上成为权威的究竟是什么？是他说过的话吗？还是说我们听到的、读来的、看到的他的某些所谓事迹或者做法成为了权威？

但是，这个说法依然非常可疑或者非常地不准确。别人说过的话或者别人做过的事，真的是它们成为了我们的权威吗？或者这么问：如果别人说过的话，我们没有接受、没有认同，它还会成为我们的权威吗？所以说，问题究竟是那些话成为权威，还是实际上控制或者主导我们的行为的是我们对那些话的看法？当然是接受、相信，是我们对它的态度，让它们成为了我们的权威。

"那些话成了我们的权威"，这个表达依然非常不准确。简而言之，成为我们的权威的、控制我们的行为的是看法，而不是那些话本身，更不用说是人了。不知道这一点大家是不是能够理解。刚才说了，克已经不在了，生命已经不在了，他其实没有办法成为你的权威，对吧？哪怕是一个活着的人，某某人，真的是活人成了你的权威吗？当然不是。依然是你对那个人的看法，你对那个人说的话的看法，是你自己的看法起着权威的作用，在控制着你的行为，在塑造着你的行为。

真正成为我们的权威的，其实是自己头脑里边的信念、观点、结论和看法，甚至权威的含义或者范围，可能远远超出了我们理解的程度。怎么说呢？刚才提到，权威是我们对于某些话的接受和相信，于是就成了权威，但是有可能相反的情况也会产生权威。

就是当我们对一些话是拒绝的、反对的、抗拒的，我们所抗拒的东西其实也成为了权威，因为它也在塑造着我们的行为或者反应。接受和抗拒是一体两面，当我们抗拒一个东西时，其实已经赋予了它重要性和真实性。换句话说，你在意什么，什么就是你的权威，哪怕在意不是正面的在意，不是呵护、不是保护、不是相信，而是抗拒，那也是一种在意，你只要在意那个东西或者你在意什么，它就已经成为你的权威。只不过看起来好像是一种反向的权威而已，因为它也在控制着你，所以说，权威的含义或者权威的范围可能远远超出了我们想象的那样或者以为的范畴。简而言之，"权威"这个东西对于我们直接看清问题的真相真的是一个巨大的障碍。

甚至可以这样说，当你把一个人或者是把他说的某些话当成权威，那是对这个人以及他说的话的一种极大的贬损和污蔑，是一种极大的不尊重。因为你已经把他扁平化了，降减了，甚至是物化了，他已经在你那里不是一个活生生的人了，而是变成一个标签式的存在。

3. 通常意义的"帮助"都是逃避

关于权威的问题暂且说到这里，接下来说说所谓的"帮助"。

帮助也是一样的，可以先排除掉所谓"技术上的帮助"，比如说需要借助快递帮忙送东西，我们不用亲力亲为地自己打个飞机送快递或者送信，对不对？我们需要借助他们的帮助去完成一些事情。或者比如说，前段时间我们家厨房的混水龙头需要换，我就请物业的师傅来帮我换掉。之前，两年前，其实我自己换过一次混水龙头的，因为技术不熟练，工具使用也不熟练，所以自己倒腾了一个多小时才换好，这次需要再换，就不想那么折腾或者是麻烦了，借助专业师傅的帮助，这个事情三下五除二就解决掉了。在这些方面或者这些事情上，那是存在某些帮助的，也就是说，我们会借助其他人的知识或者技能或者资源去完成一些事情，这方面是存在帮助的。

但是在内心的问题上，或者是在心理层面的问题上，在内心领域的事情上，我们通常采用的或者会想到的帮助有哪些？举个具体的例子，比如说，我失恋了，很痛苦，我通过什么样的方式来帮助我解决这个痛苦的问题呢？通常我们觉得会有帮助的，比如说太痛苦了，我去唱个 K 吧或者喝点酒吧，什么"何以解忧，唯有杜康"。但实际上借酒浇愁愁更愁，对不对？

但是我们通常可能就会采用这样的一些方式，觉得是在帮助我们面对或者是解决痛苦的问题。要么我们就一心扑到工作上，比如说转移注意力，好像就暂时没有那么痛苦了；要么我们就压抑自己的痛苦，或者是给自己讲道理，劝慰自己，总之想方设法让自己不那么痛苦；要么我们就去倾诉，向朋友、向闺蜜倾诉，寻求安慰，觉得这也是帮助我们面对或者是解决痛苦的办法。

但是，它们真的是帮助吗？它们有没有可能帮的是倒忙，就是这些通常采取的措施，有没有可能反而是帮了倒忙？为什么呢，因为无论是唱 K 还是喝酒，还是去拼命工作，还是去倾诉，这里面都包含着一个什么样的意味？我们其实并没有真正去面对那种痛苦，而是在通过各种方式逃避这种痛苦。也许过一段时间痛苦的感觉会稍微弱一点，但是那个痛苦其实就在心里隐藏着，它并没有消失，因为痛苦那种感受本身以及带来痛苦的根源，我们从来都没有真正地去面对，从没真正去触摸那些痛苦的感受以及它们产生的根源。

如果不被直接地面对和触摸，那么它其实永远都会留在那里。也就是说，那些帮助我们去解决痛苦的手段，其实是在帮助我们逃避，而逃避永远解决不了问题，只会让问题继续留存下来，或者它们是在帮助我们逃避问题，于是在帮助我们延续问题。所以说，那些所谓的"帮助"可能真的是在帮倒忙。

还有另外一些方式，比如说，运用各种知识，无论是心理学的，还是从克那里听来的说法，来怼过去或者是来分析这个痛苦，其实是差不多的，其实依然是没有在直接地面对。

4. 逃避的底层发生了什么？

这个底层存在着一种什么样的情况，于是我们并没有真正地面对呢？因为在我们想解决这个痛苦的动机里头，已经隐含着一种倾向或者一种判定，那就是这个痛苦是不好的，是自己想消灭的。而对于任何痛苦都包含在内，对于痛苦的这样一种判定或者一种倾向，其实就是一种直接的逃避。

再来说一下，这一点可能非常微妙。一件事情发生了，我们管它叫作不好的事情，这样一个识别、一个命名，或者说包含了倾向的、本质是评判的这样一个标签贴上去，就已经偏离了那个事情本身，偏离了那种感受本身，就已经逃开了，哪怕是看起来特别积极地去面对问题、解决问题。这种情况下，所有的面对和解决都是在已经给了它一个标签、一个负面评判、一个倾向的前提下去做出的。标签的存在、倾向的存在

就决定了此后或者在此基础上做出的所有的行为都是逃避。

换句话说，就是当我们离开现实的情况，后面产生一连串的活动或者是反应，整个过程都是逃避，都是没有直接在触摸或者是面对那种感受。

5. 直接面对才有可能带来帮助

直接的面对，有时候叫作"共处"或者是"体会"，它只有在什么样的情况下才会发生呢？对于发生的事情没有任何看法，既不迎、也不拒，既不接受、也不拒绝，只有在这个时候，就是对它没有任何看法时，才没有逃，有看法就已经偏离了，就已经逃开了。

而当我们没有任何看法地去触摸发生的感受也好，或者发生的某件事情也好，只有在这个时候它才有可能充分地展现出来，包括是什么造成了痛苦，是什么带来了这种感受的整个过程或者是机制，才有可能暴

露在我们面前。就只有在不偏离、不逃开的时候，对于这件事情本身的一种全面的、深刻的了解才有可能发生。而只有在对它全面的、深刻的了解当中，这个问题的根源才有可能被消除或者是根除。除此之外，所有的偏离其实都是在延续问题，甚至是加深问题。

回到主题，就是"能够帮到我们自己的只有自己"，也就是说，任何外在的人、事、物，其实都不能真正地帮到我们，只有亲自地、直接地去面对和触摸眼前的问题，这时那个问题才有可能迎刃而解，甚至可以说当我们对于某件事情或者某种感受不再抱有任何看法时，它其实就已经不再成其为问题了。

换一个很拗口的说法，就是：当我们不把任何事情当成问题时，其实是没有问题的，而只有一件有待我们了解的事情，它的事实或者真相是怎样的，了解清楚了，直接处理和解决就 OK 了，但那不是问题。而这种共处、面对、触摸、了解，只能由我们自己亲自完成，任何人都帮不上忙，只要有外在的人、事、物在帮忙，其实就是在帮助逃避，在帮助延续那个问题。

6. 问答

关于刚才讲到的，大家有没有什么问题，这里的问题是 question 的意思，不是 problem 的意思。有没有问题想询问或者想探讨？如果没有问题，我不知道是不是可以提议大家一起安静地待上几分钟，待到十点半，然后结束今天的分享。

（1）"意象"的含义

好，简单说说"意象"的含义。我们通常说的"意象"就已经包含

了某些心理上的含义，也就是说，它就不单单是一个用来表达事物的抽象的代词了。比如说"门"这个词，当它不含有任何心理上的含义时，通常不会把它叫作"意象"。只有当我们赋予了一个抽象的符号以某些重要性或者真实性时，它才会成为意象，或者说意象里边通常已经包含了某种倾向。比如说，心理记忆是意象的一种，它可能包含了快乐或者是悲伤的因素，倾向就是想要重复它或者是避免它。所以说，通常说到"意象"时，实际上是指包含了某些倾向的或者是某些感情色彩的抽象的思想内容，或者说它已经是挂在心里的一个东西，是有所执或者有所攀附的一个东西了，才叫作"意象"，而不是简简单单地用来指代一个具体事物的抽象名词而已。

（2）浮躁的人如何面对自己的欲望？

有同学问："一个被生活中种种琐事、欲望、欲求控制、支配、困顿浮躁的人，有能力面对自己心里的问题吗？或者说他怎么才能找到头绪去面对呢？"

其实这一点刚才已经提到，我们对于生活中发生的任何事情有没有那么起码一点点想要了解的兴趣或者热情，这些事情或者这些反应、这些感受它究竟是怎么发生的？或者用另外一句非常简单的话，一件事情发生了就是发生了，我们能不能不对它抱有任何看法，而是来了解一下？

用另外一个说法就是"万事皆可盘"，自己身上发生的任何事情都是可以来盘一下的，来了解一下的。出于好奇，这究竟是怎么回事，它怎么发生的呢？就在这样的一种兴趣之下，了解就有可能发生，而不是只把生活中的问题或者事情当成麻烦。比如说这位同学提到的几个词，"被欲望所控制、所支配"，我们就来看看欲望以及被欲望控制的过程。如果我们现在焦虑或者是浮躁，能不能就来看看浮躁，或者是体会、面对浮躁而不想改变它？发生了什么事情，我们就去面对那个事情，就去了解那个事情就好。其实没有怎么了解的问题，只有直接去了解或者直接去触摸、直接去体会、直接去看。

（3）执着就是逃避当下吗？

一位同学问："简单来说，执着就是逃避当下，是这样吗？"

很多时候，这样说是需要非常小心的。我们真的看清楚了所谓的"执着就是逃避当下"或者"执着就是逃避此刻的现实"了吗？看清所谓的"执着"，就是刚才说到的意象也好，或者带有倾向的一个识别或评判也好，这就是执着的含义。有这样一个识别、一个评判、一个倾向，其实我们就离开了现实，离开了眼前的实际，逃避到了一个其实并不真实的范畴里，脱离了实际。这就是执着的含义。

但是，我们对于脱离真的看到了吗？还是说我们只是得到了一个正确的说法？

直接看到执着的本质，或者这种偏离的本质，以及偏离发生的过程，以及它带来的所谓"后果"，和仅仅得到一个正确的说法"偏离或者执着就是逃避当下"，是有着天差地别的不同的。也就是说，在探索过程当中，我们需要特别警惕的一点是，不要轻易停留在任何一个说法上，尤其是正确的说法上，除非我们真的看清了那件事情，或者看清了那句话所说的事实，否则不要记住任何一句话，记住了就是挂碍，记住了就是执着。

换句话说，当我们真的看清了什么，看清了事实或者真相，其实不用记住任何话，什么都不用记住，也什么都不会留下，因为你看到的是事实，而事实和真相其实是流动的，是鲜活的，是你随时可以去看的，所以你不用记住任何话，所需要做的只有随时重新去看这个问题就够了。

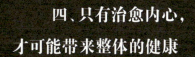

四、只有治愈内心，
才可能带来整体的健康

2021-11-6'

今天是"自己才是解开一切的钥匙"系列分享的第三次,题目叫作"只有治愈内心,才可能带来整体的健康。"今天分享的流程和昨天差不多,还是从互动环节开始,大家也可以先准备自己的问题,待会儿提出来。

1. 问答

（1）探索会产生二元对立吗？

那大家在准备问题的同时,我还是先回应一下昨天的分享结束之后,有些同学在群里提出来的问题。主要就回应一个问题,那就是一位同学提到的:"我们对于逃避或者对于任何一个问题的探索或者探讨,会不会造成二元对立？"

如果我们在进行了一番探索、探讨、交流分享之后,得出来一个结论,或者得出来一个打引号的"正确"的认识:"逃避是一个没有意义的动作,甚至是有害无益的一个动作、行为,是我们需要竭力避免的事情",这确实会产生、带来一种二元对立。因为在这个结论或者这个认识当中,就已经包含了对于逃避这件事情的一个评判,那也是一种抗拒,带着这种评判再去面对逃避这件事情,那必然就会产生二元对立的一个结果。但是我们对于任何问题,比如说,对于"逃避"这个问题或者这件事情的探索、分享,是要得出一个正确的认识或者得出一个结论这样一个过程吗？还是说我们的分享、探索是一个截然不同的过程？

说到这儿,不得不再重申一下第一次分享当中提到的一个非常核心的内容,无论是我们的探索、交流或者分享,其实都不是交流思想,也不是交流结论或者是任何的观点、理念,而是一起来看一件事情或者一个问题的事实或者真相是什么,是重新开始去触摸、去了解那个事情或者那个问题当中蕴含的真实是什么。

放到"逃避"这个问题上来讲,就是去看看逃避的真相是什么,逃避的性质是什么?逃避它会带来怎样的结果或者影响,它有怎样的作用?也就是说我们一起重新去看关于逃避的完整的或者整体的事实是什么。在对于逃避或者任何一个问题的触摸、观察、了解的过程当中,存在的只有这个事实本身以及可能存在对于它的看到。那么无论是事实本身,还是对它的看到,会带来二元对立吗?还是说,只有当我们看不到事实,只是听到了一堆说法,于是得出来了一些所谓"正确"的结论或者认识时,也就是形成了一些意识的内容,形成了一些思想性质的东西时,是不是只有这个时候才会产生二元对立?

就像一开始说到的那些结论、认识一样,比如说,"什么事情是不好的,是不对的,是应该避免的",于是这些认识其实就变成了我们心中的一个意象性质的东西,它只要在我们探索或者面对事情时,出现在心里或者脑子里,它就会带来一种对于事实的偏离,那么这个时候二元对立或者二元分裂就产生了。所以说,对事实的了解、看到或者说事实本身是不会带来二元对立的,因为只有"一"。只有对那个事情没有看到,但是产生了一个头脑化的认识,这个时候"二"才会产生,"二"一出现就会产生对立或者是二元分裂。

但是,就像一直在说的,我们的探索、分享、交流真的不是要得到任何的认识,而是一起来直接触摸事实是怎样的,即便没有看清事实是怎样的,也不要留下任何结论性的认识,当然这并不是对大家的一个要求。如果产生了或者出现了、留下了任何结论性的认识,这时需要我们去发现、去警觉这些认识的存在以及它们会产生怎样的影响和作用。

总而言之,我们自己身上实际在发生着什么,自己的心里实际出现了什么或者有了什么,那是我们唯一需要去面对、去了解的东西,那就是唯一的现实,是唯一需要去关注的东西。

（2）Sue 是怎么开悟的？

有位同学提出来一个问题，说："Sue 是怎么开悟的？"

我们待会儿会谈到这个问题，但是现在可以先说一点，Sue 是不是开悟了，或者 Sue 是个什么状态，其实大家或者同学们并不知道，所以这其实是一个没有办法回答的问题，也不适合回答的问题。但是待会儿会稍微涉及一点，除了这个问题之外，大家还有没有其他的问题？

（3）群里的争执应该怎么解决？

有一位同学问道："群里大家的争执应该怎么解决？"

到目前看，我们群里好像没有争执，而且事情如果发生了，届时需要怎么解决或者需要怎么处理就怎么处理，其实没有一个应该怎么解决的问题。今天群里出现的小插曲或者可以叫作比较有趣的事情，待会我们也许会说到，与刚才的同学问到的问题，其实也有一定的相关性。

（4）洞察是不需要强调的

有同学说："某某人强调观察，而我们好像不强调观察，而是在讲洞察。"

怎么说呢，其实别人强调什么不重要，而且比如 Sue 是不是要讲洞察，可能也不是大家以为的那个样子，也许并没有强调什么这样一件事情或者这样一回事儿。也许唯一可以称作强调的，或者反复提到或者反复重申，就是刚才已经说到的那一点：我们不管是在一起，还是独自探索，都需要重新直接触摸一件事或者一个问题的真相，需要去面对它，去新鲜地观察它、去了解它。但为什么说这并不是一种强调，因为"强调"这个词里边就好像有一种意志力的味道，就好像无论是观察还是了解，就变成了一件要去努力做到的事情。但是无论是真正的观察、还是觉察、还是了解，它其实只能自己发生或者是自然而然地发生，有任何意志力的因素在里边，或者有一个说我要去观察、我要了解什么、我要怎样怎样、我要达到什么样的结果，有这样的一个想法在里面，真正的观察其实就没有办法发生了。

（5）别人的状态并不重要

最后再回应一下前面一位同学的问题，就是怎么看待某某人或者是别人。

这一点已经反复说过，别人是怎样的一个状态完全不重要，重要的是自己能否亲自去触摸问题，或者自己身上发生的事情的真相是什么。因为关注别人或者是关注并非现实的情况，其实是对于自身现实的一种脱离或者是逃避，它就让我们没有办法真正触摸到真实。

（6）关于死亡

有位同学问到了死亡的问题，"死亡是一个怎样的状态，或者死后会不会有什么东西留存下来？"

这个问题不是三言两语就能够说清楚的，但是可以看看我们提出这个问题的动机是什么，或者为什么会提出这样一个问题？首先，死亡对于每个人来讲其实是一种未知，它并不是此刻的现实，不是说"死亡"这个问题不需要探讨和关注，但是我们通常提出来一个并非是自身现实的问题时，不知道是出于怎样的一个想法提出来的。是有某种希望，哪怕是在死后，自己还会继续延续下去，会有这样一种希望或愿望在推动我们提出这个问题吗？而在我们活着时，在死亡没有来临时，我们以为存在着某种延续性，或者一直在延续的所谓的"自己"或者那个"我"，它是真实存在的吗？这是不是才是一个更现实或者更亟待去把它了解清楚的问题？

换句话说，就是在我们活着的时候，可能每个人都体会到的一种延续感或延续的愿望，它的来源或者基础是什么？这种延续感是不是在反

映真实的感觉？虽然这个感觉很强烈，但是它也许并不反映真实，就像有时候说，我们身上有其他的某种非常强烈的感受，这个感受显得很真实，因为它特别强烈，但是它是不是反映真实或者是代表真实，那就完全是另外一个问题了。

（7）愤怒的整体都包含哪些？

还有一个问题说："愤怒的反应以及引发愤怒的因素，它是不是也是愤怒的一部分？"

如果说愤怒指的是愤怒这个整体的事实，整体的事实是什么含义呢？也就是说愤怒发生的整个过程，它发生的机制以及愤怒这种感受本身。如果说愤怒指的是这样一个非常整体的事实，其中确实就包含了是什么引发了愤怒，那愤怒的感受本身是怎样的一种味道，还有愤怒产生的过程或者是机制是什么。可以说，整个或者全部的内容都包含在了愤怒这个整体的事实当中，而看清愤怒或者了解清楚愤怒，其实就是了解清楚整个愤怒的事实，或者关于愤怒的整体性的事实。

2. 关于质疑

提问互动环节就先到这儿,接下来就进入今天的主题分享。在开始"健康"这个主题之前,有必要或者是不得不先讲到另外一个非常重要的问题,那就是质疑。

质疑是我们在交流、探索、学习中(这里说的是真正意义上的学习,不是学习知识的学习),被经常提到的一种品质。说质疑是探索当中非常必要、非常重要的一项品质,那究竟什么是真正的质疑呢?

(1)接受和抗拒都不是真正的质疑

今天我们群里面发生了一些比较有趣的事情,大家可能也发现了对于 Sue 这个人有各种各样的看法和说法,当然其中也包括一些质疑的声音,或者所谓的"质疑"。没错,对于 Sue 这个人也是需要保持质疑的,因为非常有可能 Sue 真的是一个骗子,或者声称看到了她并没有真正看到的东西,或者至少你是不知道她是不是真的看到了那些东西,除非你看到了和她一样的东西。在此之前,我们对于 Sue 是怎样的一个状态是不知道的,只能凭借感受或者猜测有一个大致的判断,但那可能和 Sue 这个人的事实或者实际的状态相去甚远,但无论如何确实是需要保持质疑的。

也就是说,不要相信她说的话,也不要接受她说的话,需要保持一种起码的警觉,无论是对于那些话,还是自己在探索的过程当中,这种警觉是非常重要的。没有这种警觉,我们很可能就会迅速地落入一个所谓的认识、一个说法或者是一个静态的结论里去。这样的东西一出现,探索就停止了。

但是,什么是真正的质疑?只是不相信和不接受吗?如果这种不相信和不接受里面包含着某种抗拒、抵制或者评判,那还是真正的质疑吗?因为抗拒、评判和抵制当中毫无疑问已经包含了一种倾向,就像我们昨天很大篇幅讲到的，那个倾向一出现，是不是我们的能量或者是注意力就已经被带跑了？已经偏离了事实或者是偏离了真实，就已经没有办法去了解或者是直接去体会一件事情实际是怎样的，甚至所谓的"感受"也被那种倾向所带跑了或者所塑造了。哪怕这种感受非常强烈，刚才已经说到，它很可能也未必是反映真实的，所以说只要包含了任何一种倾向，无论是接受还是拒绝，那是不是真正的质疑就没有办法发生了？

（2）指向外部的质疑本质是一种逃避

在讲什么是真正的质疑之前，我们也可以来看看我们通常见到的或者自己可能经常进行的质疑，是怎样一个性质？首先，看看质疑的方向或者是质疑的对象。比如说，我们可能经常会说，"我质疑你说的话"，或者"我质疑你"这样的一个意思表达出来，我不知道大家是不是就能体到一种向外，那是注意力从自己身上移开的一种表现。这种注意力的移开是不是和我们刚才提到的，一旦有一种倾向发生，对于任何发生的事情一旦有一个倾向，其实就偏离了那件事情，是不是这个味道或者这个感觉就是非常类似的？

换句话说，当质疑指向外的时候，是不是就所谓"狡猾地"或者是"巧妙地"避开了自身的现实？就好像自己安全了，就不被放在聚光灯下被观察或者是被了解了，就躲起来了。这是不是一种非常巧妙或者狡猾地逃避或者是自我保全的做法？所以这是真正的质疑吗？无论这个方向是指向外，还是对于一件事情已经有了一个倾向，带着这种方向或者倾向的质疑是真正的质疑吗？

（3）带有评判和意志力的质疑

还有另外一种常见的质疑，可能更难发现它的本质或者实质是什么。比如说，自己身上发生了一件事情，通常是不太好的事情，或者我们已经把它评定为负面的事情，这时有了不舒服的感觉，经常会说："我们来质疑一下这个问题或这件事情。"听起来像是在质疑或者是在了解，但是这里边有没有一种味道，把质疑当成了对治或者是解决一种自己不想要的状况的工具、手段和方法，但美其名曰叫"质疑"，虽然叫质疑，但其中也已经包含了一种目的性或者是一种动机，其实也是一种方向。

比如说，想解决问题的这种方向，或者这种意志已经包含在所谓"质疑"的行为里，所以它依然是一种目的导向的或者是有方向引导的行为，有目的导向或者是有一个方向引导的这种动作，它就是一个狭隘的、并不开放的状态。或者换句话说，它依然是一个基于头脑意志力的行为，所以那可能是一种真正的质疑吗？

（4）带有分离感心态的质疑

还有一种情况，刚才提到了，但是没有细讲。比如说，我们在相互之间交流或者探索时说，"我质疑你"，或者说"我发现了你身上存在的一个什么问题，我直言不讳地向你指出来，甚至是针锋相对地给你指出来。"我们管它叫作坦诚地交流，或者一种非常必要的交流方式。

但是，在我们指出的时候，究竟是处在一个什么样的状态？是一种"我发现了一个你没发现的事实，于是我要告诉你"这样一种状态、一种心态吗？或者说"我起码比你明白，或者比你看得清楚一点，所以我要告诉你。"在这样的一种心态或者状态里面，有怎样的一种意味呢？哪怕没有一种说"我高你低，我比你明白"的这种含义，是不是也有一种彼此是分开的感觉？也就是说依然是有两个人的感觉，是有一种分离感在的。在这种分离感存在的情况下，有可能发生真正的质疑吗？还是说更多的可能是一种自我优越感的体现？

换句话说，当我们指出别人的所谓"问题"时，是带着怎样的一种状态？是带着真正的关怀和友爱指出来的，还是带着一种真的就是只是旁观者清，我比你明白，我比你清楚的这样一种心态指出来的？

以上我们说了很多貌似并不是真正的质疑的活动和行为，那里面其实都有一个非常明显的因素，它是一种有方向的、有倾向的或者是有彼此分开的这样一种感觉。在这种状态下或者在这种倾向下，就不可能发生真正的质疑。

（5）真正的质疑

而真正的质疑是怎样的一个状态或者一件事情呢？也许确实没有办法从正面去定义它，而只能试着从反面去说什么是一种真正的质疑，那就是没有这些倾向，没有这些方向，没有我和你之间的分别，无论是"你我之分"还是"高下之分"这样的分别或者这样的一个关系定位时，我们真正地、开放地去探讨或者去交流时，真正的质疑才有可能发生。

而真正的质疑不是告诉别人什么，而是一起去看，无论发生在哪里，或者无论发生在谁身上的事实究竟是怎样的。也就是说，真正的质疑可以说是一种开放的、没有特定方向的、不带着倾向的、带着敏感的这种品质一起去看事情或者问题的真相的这样一个过程或者这样一种品质。

除此之外，我们经常做的那些所谓的"质疑"，可能都是头脑狡猾的把戏，或者回到刚才提到的一点，可能质疑别人很容易，甚至有一种旁观者清的感觉。但是我们真的需要把注意力或者目光收回来，放在自己内心或者自己身上，放在自己抱持的那些看法或者观点上，或者放在自己身上存在的或者发生的那些事实上，因为毕竟自己才是了解自己最切近的素材，或者是第一手的素材。

我们多数时候很难真正判断或者知道别人身上发生了什么，除非有一种并非头脑化的感知在发生，而那种感知其实是非常罕见的，那种感知在一定程度上和真正的质疑其实具有非常类似的一些品质。比如，它是开放的、它是没有倾向的、不带着方向的，所以它才是一种直接的、反映真实的或者触摸到真实的一种感知。

而且，刚才说到，如果质疑有某种动机，比如想解决问题，那种质疑就不是真正的质疑。反过来说，只有对那件事情或者那个问题有真诚的兴趣和了解的热情时，而不是为了解决它，不是为了干掉它，只有这个时候的质疑，才可以说是真正的质疑。因为这种想要了解的热情或者兴趣里依然包含着一种开放性，一种没有特定方向的开放性和空间，质疑只有在这种品质里或者在这种状态下才有可能发生。

3. 答疑：如何用全身心去感知？

一位同学提出问题："我们要了解自己心里发生了什么，是需要一种认知上的辨识的。"

这个问题可能也涉及并不符合事实的一个认识。我们对于发生的任何事情是不是只能用头脑去辨识、去辨认、去识别？还是有可能发生一种非头脑化的感知？感知并不一定排斥头脑，在这种全然的、全身心的感知里，头脑有它必要的、恰当的位置和作用，但是头脑并不起到主导的作用。

比如看花，这个例子可能更容易理解，当我们看到一朵花时，用全部感官去接触它，去闻一下它，去摸一下它的质地，用眼睛去看看它的色彩、光泽和质地。这时头脑里也许会闪过一个名词，说这是一朵什么花，但它只是一闪而过，头脑也发生了所谓的"识别"，但是这个识别并没有占据一个非常主要的地位，它只是所有感官当中的一个功能而已。我们依然是用全身心去感知或者是去体会那朵花，一闪而过的识别或者命名，并没有阻断我们和那朵花的连接。那么在这样一种全身心的感知里，我们和花之间是没有距离的，或者说是没有距离感的，或者你并没有觉得你和它是两个分开的东西，而是在一起的，根本就没有分开。那么，在这样一种全然的感知里，我们是真的可以触摸到、体会到或者真正看到那朵花的。

而对于我们内心发生的事情，可以有一种类似的方式，或者本质上相同的方式，就是无论发生了什么，我们都可以用全身心或者是整个存在去体会、去面对、去共处，而不只是用头脑去识别。在这种全身心的体会、面对、共处里，内心发生的那个事情，它就有可能非常充分、非常全面地把它自己展现出来或者呈现出来。这时甚至不是我们在看它，没有一个观察者，而只是事情或者感受充分呈现出了自己，然后被看到了而已。有时候我们说："我们看到了什么""我们观察到了什么"，甚至叫作"没有观察者的观察"，这些表达其实是不太恰当的，虽然可以说是有一种观察或者是有一种觉察在发生，但是实际上，只有那件事情原原本本地呈现出来而已，顶多是一个被看到的过程。

4. 关于健康

接下来开始分享今天的主题：健康的问题。我们再把这个小题目重申一下，就是"只有治愈内心，才可能带来整体的健康"。

这句话主要是在说，我们的内心或者心理状态，对于身体的健康或者整体的健康具有非常大的影响。我们平时生活里面遇到或者自己身上出现的很多疾病，无论是慢性的还是一些器质性病变，在非常多情况下，都和心理因素是分不开的。

（1）积郁成疾

这一点可能大家现在会有越来越强烈的体会，比如有一个词叫"积郁成疾"，用一个不太恰当的小说里的人物来举例，比如说"林黛玉"，虽然这是一个虚构的人物，但她代表了一类人或者是一类身心疾病的演化过程。比如，很忧伤或者很抑郁，它就会慢慢在身体里积累，慢慢会体现在身体健康的问题上，可能是各个器官，比如肝淤，就是郁结在肝部。现在可能也越来越能够理解很多慢性病，比如说癌症，除了比如说有一些年纪非常大的人，最后得了癌症，其实是可以理解的。癌症，总的来说，如果没有什么意外的话，它其实属于一种老年病，身体机能越来越退化时，也会积累一些问题，最后可能就变成了癌症，用癌症的方式体现出来（注：此处为非专业个人观点）。但是如果一个人在相当年轻时就得了癌症，得了一个可以叫作"老年病"的病症（除了比如说环境污染之类的因素之外），很多时候和心理上的因素是分不开的，就像"积郁成疾"这个词所说的那样。这是慢性病。

（2）意识内容引发急性疾病

那急性的一些比较严重的健康问题，可能就更好理解了。除了发生事故、车祸、中毒吃坏肚子等这些急性的所谓"问题"之外，比如说因为生气，心脏病或者脑溢血发

作，这种心理因素对于身体健康的影响就非常明显了，一眼就可以看出来。心脏病或者是脑溢血突发，经常是发生了一件我们不希望它发生的且很严重的事情，于是心灵上或者心理上受到了巨大的打击，不能承受的这种打击，于是就反映在了身体上。

为什么会反映在身体上呢？是因为大脑是一个连接身心的，连接思想和身体的桥梁，它是一个神经中枢，意识内容就是通过这个神经中枢作用在身体上的。如果一定要用医学的知识来解释，就是因为脑子里有很多的腺体，它会分泌各种激素类的东西，包括各种素、各种胺、各种肽，这些分泌物直接就会指挥身体做出相应的反应，这其实就是思想或者是意识内容对于身体产生非常巨大影响的一个明证。

（3）生气的过程及内在机制

举一个更好理解、更常见的例子，比如生气。当有人骂了我一句，比如有人说我说的话是垃圾，然后我就非常生气。先不说引发过程怎样，单说当我生气时会怎样。我们对于生气的感受可能都不陌生，一旦生气，可能血压一下子就高了，肾上腺素激增，心跳也会加快，血脉偾张，这就是心理对于身体直接的影响，或者甚至可以说是伤害。而且在这个过程当中，我会说："因为别人骂了我一句，所以生气了。"这句话包含了一个可能非常不符合事实的或者非常不属实的，甚至是错误的逻辑。

因为有人骂了我，所以我生气，我们把生气的原因归结为有人骂我（因为别人说了一句什么样的话，或者做了一件什么样的事情，所以让我生气了）。但这个说法或者这个逻辑可能存在一个非常严重的错误，一个人只是说了几个字，所谓"骂我的话"，然后我身上就起了非常可观的反应，心跳、血流、血压各种反应都出来了，但是那几个字其实压根就没有碰到我的身体，那几个字其实也并没有直接作用于我的血压、我的心跳，它都没碰到我，顶多是有几个音节、有几个声波的频率传了过来，而我就起了那么大的反应，给自己的身体造成了那么严重的伤害。真的是那个人说的那句话伤害了我吗？还是伤害我的完全是另外一些东西？

用一种相反的情况来讲，可能更容易理解。当对方说了一句话，我对于这句话没有任何看法，这一点昨天提到了，我对于那个人骂我的话没有评判、没有意见、没有任何看法，既不说它好，也不说它不好，既不说它对，也不说它不对，我对那句话没有任何的诠释，没有任何的解读，没有任何的认识产生，没有任何头脑化、思想化的认识产生，这个时候我还会生气吗？因为毕竟那几个词根本没有碰到我的身体，它只是几个音节而已，那伤我的究竟是什么？是那句话或者是别人吗，还是说伤到身体健康的是我们对那句话的看法以及由这个看法引发的反应？

不知道这个过程是不是说得太简略了，大家也不用接受，只是需要仔细地来看一下或者体会一下这个过程，究竟是那句话伤害了我，还是对那句话的解读和评判非常实在地伤害了我？在身体上的体现或者积累，比如说一个人经常生气，积累到一定程度，他就很容易生病，至于在哪个器官上体现出器质性的疾病，这就因人而异了。

回到刚才这个例子，因为有人骂了我，所以我生气了，刚才说到这个逻辑是有问题的，或者归因是有问题的，并不是那个人说了什么话、做了什么事情伤害了我，因为他毕竟没有拿刀捅我，只是几个轻飘飘的字而已。真正伤害到我们的，是我们对于那句话的解读，比如说，他就不应该骂我，或者我的自我形象受伤了，无论怎样，是我们对这句话的解读以及对这句话的反应伤害了自己，这一点不知道是不是已经够清楚了。

换句话说，是我们自己一直在伤害自己，没有自己伤害自己的机制，任何人说的话都不会对我们造成伤害，真正给自己下毒手的是我们自己。或者准确地说，是自己的想法、评判或者自己没有被满足的期待，是我们脑子里、心里的这些东西的存在以及它的运作，实实在在地伤害了我们的身体或者健康。不知道这一点大家是不是真的能够明白或者清楚。

（4）心理记忆是影响健康的罪魁祸首

刚才举了生气的例子，其实类似于生气这样的事情在我们身上非常密集地在发生着，是以非常大的密度在发生的，但是我们可能没有发现。也就是说，只要我们对于发生的任何事情有任何看法，通常是具有倾向性的看法，尤其是负面的看法或者负面的倾向，只要在我们脑子里或心里出现对于任何事的一个负面倾向，它就已经作用于身体了，它对于我们身体的某种影响或者是某种可以叫作"伤害"的作用就已经在发生了。而且自己的观念、观点、期待越顽固，或者看法越尖锐、意见越强烈，那么它的出现以及它的活动给身体带来的影响，或者直接就可以叫作伤害和破坏就越大。

如果我们有一点点敏感度的话，其实可以随时在自己身上发现这些影响产生的过程，或者对身体的伤害发生的过程，从呼吸到心跳、到血流、到血压、到身体的角角落落各个部分，都可以体会到，一个想法的出现尤其是带有明显倾向的想法的出现对我们的影响。事实上，各种带有倾向的念头、想法，在我们心里是以多么密集或者多么频繁的程度在运行和出现的，那也就意味着这种伤害、这种对于健康的影响是以多么大面积的方式在发生着。

总而言之，就是我们的心里、头脑里的内容，它的活动其实时时刻刻在影响着身体，影响着健康，更不用说那些更严重的事情，比如说我因为生气脑溢血或者心脏病犯了，或者我因为生气可能和别人打起来了，打得鼻青脸肿，互相伤害对方，甚至可能造成某些致命的伤害，这些是更明显的因为心理反应带来身体伤害的例子了。

（5）敏感地捕捉到头脑的活动，伤害自然会停止

如果我们需要对自己的生命，起码对自己的身体负起责任来，那就需要每时每刻都对心理或者脑子里在活动的内容对身体的影响有足够的

警觉和敏感，其实真正地、敏感地发现到以后，是可以及时停止它们的，而且是一种非常自然的停止。就像你发现你正在做一件伤害自己的事情，是真的发现、真的意识到了，就像你在喝下毒药一样，真的这么深切地感受到了这个事情的伤害，你自然就会停止这种伤害行为。真正地体会到了这种伤害的发生，身体或者生命其实是有它自身的智慧的，它马上可以停止破坏性的过程。如果我们是真的发现了，因为身体或者生命真的是有一种自保的本能和智慧，当它不受头脑里的内容干扰和蒙蔽时，它可以非常良好、非常健康地运作。

（6）关于个人的一点儿经历

在这儿我讲一点点关于个人的事情。我曾经给一些朋友做过治疗，在他们非常危急或者生死攸关的时候，把他们从鬼门关上拉回来，至于怎么治疗的先不多说了，但确实做过这样的治疗，只是后来几乎不再做这样的工作了。有些朋友会觉得我很冷漠或者狠心，不去帮他们治疗身体上的问题，但实际上并不是，我即便可以治好他的身，也治不好他的心，治好了身体上的疾病，但心理上的这些因素的影响或者这些心理活动的运作，随时都会把他拉回到一个不健康的状态里去，而这是别人完全无能为力的。

就像昨天讲到的主题，关于心理上的这些问题或者这些事情的真相，只能由每个人自己去看清、去清理、去面对。心理上的问题，只能亲自去解决，别人是帮不上的。换句话说，决定身体健康的更根本的、更关键的因素是心理状态，是心理上是不是健康。

（7）心理上的健康只能依靠自己

什么叫作"心理上的健康"呢？其实就是心理上是不是存在着大量的会带来内心冲突、纠结、不安、焦虑的那些因素。我们有没有可能真正把这些因素看清，看清就意味着这些因素就有可能被彻底消除或者彻

底清空。而那些带来伤害的，无论是心理伤害还是身体伤害的因素的清空，就意味着我们就可以成为一个从内到外，从身到心，整体都健康的生命。而这种清空（或者不说清空，它更像是一个结果，用"了解"这个词更准确），这种了解以及这种看清只能由每一个人自己去亲自完成，别人真的是帮不上的。我们可以一起去探索，一起去交流，一起去分享，但实际上在这个过程当中是不存在帮助的，只有一起并肩同行，谁也帮不上谁。就像昨天说到的，如果在这个探索过程当中，你发生了什么变化，或者卸掉了某些枷锁或负担，破除了一些局限，那是因为你真的亲自在探索，你真的在倾听，是自己的倾听和探索帮了自己。

5. 问答

（1）看清真相难吗？

再啰嗦一句，请大家不要管 Sue 叫作老师，可以把她叫作 Sue 同学或者直接就叫 Sue 也可以，拜托。

关于帮助的问题还是那句话，我们是在一起探索，一起并肩同行，其实并不存在谁告诉谁或者谁指给谁，所以我们只是分享，只是交流。如果有所谓的"帮助"发生，刚才其实已经说到了，是自己的倾听，自己亲自探索，自己亲自触摸和感知帮到了自己，而不是别人在提供帮助。

有同学说了一句，"看清真相好难"。

这句话其实泄露了可能普遍存在的一个心思。首先，我们把看清真相是不是当成了一个目的，而不是真的对于事情、事实究竟是怎样的有真诚的、浓厚的兴趣。如果我们对一件事情真的有兴趣，真的好奇，就只顾一股脑地去探索、去追究到底了，根本就不会觉得难不难，因为这是你的热情或者兴趣所在，你对结果没有任何期待，其实也就不会觉得难。

（2）自然发生的帮助是存在的

有几位同学在说："帮助是存在的。"

这样说，也许从客观上讲某种帮助是存在的，但是它真的未必是出于一种帮助的动机，或者是要提供帮助的意图。也许在探索过程中，一些所谓的"帮助"自然会发生，但不是一种主动提供的帮助。

（3）如何变得敏感？

有位同学问了几次，说："有没有办法或者如何让我们能够变得敏感？"

这个问题其实和回应"难不难的问题"是非常类似的。首先，对于自己内心发生的事情有没有兴趣，有没有好奇心或者有没有热情去了解它究竟是怎么发生的，要是有兴趣我们就会去了解，那能看到什么就看，看不到什么也不会气馁，也不会纠结。

什么时候能去看，直接去看就好了，还是那句话，对于自己的探索或观察，不抱有任何目的，不设定什么结果，我们就不会受挫，就不会觉得难。有这个兴趣，随时可以开始观察、开始去直接体会或者直接去感知，万一没有觉察，万一刚才发生的事情没有注意到，那过去的已经过去，从现在这一刻我们重新开始去看。

五、敞开心扉，让美疗愈你

2021-11-7

今天是"自己才是解开一切的钥匙"这一系列分享的第四次，题目叫作"敞开心扉，让美疗愈你。"

1. 问答

一开始还是从互动环节切入，我首先来回应今天在群里出现的两个问题。

（1）看清问题比急于得到答案更重要

第一点是一位同学提出来的一个问题，我凭印象重复一下这个问题就是："周围所有人都对我们抱有观念，我们该怎么办？"

把这个问题拿出来，并不是要回答这个问题，而是说，也许这个问题本身是需要先来看看的。当然，提出这个问题的同学后来自己也发现了，自己好像是在寻求帮助或者等待喂养，这样的一个出发点或动机，可能就让这个问题显得或变得不那么恰当、不那么真实。

关于"帮助"是不是存在，我们已经说了挺多。另外，当一个人寻求帮助的过程当中，会变得依赖，而依赖是一件非常危险的事情，何必把自己置于这样一个危险、风雨飘摇的境地？所以说，这个问题本身可能需要好好地先来审视一下，而不是急着得到一个回答。

先看看这个问题本身，"周围的人对我抱有观念，我该怎么办？"这个问题里面是不是含有了一种意味或者有一个潜在的意思，就是我对于周围的人对我有看法或者有观念这件事情是很介意的，或者说我对"别人对我有看法"这件事情是有看法的，所以我要解决这个问题，我要来找出路，来搞定这个问题。

但是，我们先看看为什么要介意别人对我们有看法？这么问吧，干嘛要介意别人对我有看法？这更像一个反问句。我们有必要介意别人的看法吗？为什么或者有必要对任何事情都抱有看法吗？这是我们之前已经详细谈到的一点。退一步讲，脑袋长在别人的脖子上，他们要是有看法，我们既管不着也管不了，别人怎样，我们是无能为力的。

我们唯一能够下手或者唯一能够去探究的，是自己对于这件事情是怎样的一个反应，有怎样的一个心理过程。说得具体一点，就是可以问问自己是不是对于别人的看法是介意的，这介意又是怎么回事？介意是怎样的一个感觉？介意里面包含着什么？介意是怎么产生的？我只是随便罗列了几个问题，总之是自己心里有的东西或者是存在着的感受，或者是存在着的过程，可能才是我们首先就要去关注的，而不是急于去解决这个问题。

我们用非常简短的一句话来结束对这个问题的回应，那就是：当对于任何事情都没有什么看法，而只是想要了解它，其实问题就不存在，就没有需要解答或回答的问题。

（2）对自己的每句话负责，对生命负责

下面接着说第二点。另外一位同学提到一句话，说："自我是幻觉"，接着就在这个基础上又说了一些其他的内容。

提到这一点不是要回答或回应什么问题，而是有一点可能需要我们格外注意，那就是需要对自己说的话负责，这是什么意思呢？就是我们不说没有真正看清的东西，比如"自我是个幻觉"。因为当真的看清楚了自我是个幻觉，那么这个幻觉在我们身上就已经失效了，它就破灭了。我们就不会带着这个幻觉继续生活了，就从幻觉当中解脱出来了。

如果我们没有从这个幻觉当中解脱出来，幻觉依然在控制着我们的生活、我们的行动、我们的反应，那么这句话其实就依然是在头脑的范畴里的一个活动，是一个思想活动，是一种偏离现实或者偏离真实的活动，那就意味着我们依然在头脑范畴里打转，或者掉进了头脑的陷阱里。用一句不太客气的话说，就是在玩一个自欺欺人的把戏，或者被头脑的伎俩所蒙骗、所带走，而这其实是对自己非常不负责任的一种做法。

而对自己真正负起责任来，需要随时警觉是不是又陷入了一个并不真实的范畴里，开始了一种虚幻的活动。思考活动和推理活动在这种虚幻的过程里，实际上就是没有对自己负起责任来的。

简而言之，就是当我们任由自己或者毫不质疑地由着自己在一个虚幻的范畴里继续活动、继续反应、继续所谓的"转圈"时，我们就没有对自己的生命、生活负起责任来，这一点怎么反复地重申都不为过，因为这是我们经常陷入的一种情况。我们的探索非常容易在这种结论性的或者正确的说法上停留下来，于是再也没有办法继续进行下去。所以这一点真的是需要非常地警觉。

不说我们没有实际看到的东西，也不在这个东西之上继续去思考、推导，而是回到现实。比如说，"自我"究竟是什么，真的需要好好从头来看一下，而不直接说它是或不是怎样的，任何一个陈述性的说法可能都是障碍。

（3）因为"知易"，所以"行难"

有位同学说"知易行难"。

不知道这四个字是不是泄露了点什么？其实"知易"和"行难"也许并不是一个并列关系，"知易"和"行难"不是作为对照并列存在，而是因为太容易知道了，或者我们是个"知道分子"，所以让我们的行动变得特别的艰难。

因为在生活里或者在探索中，"知道"就是一个最大的障碍，知道、知识、结论就是对于看到真相或者看到事实的一个最难逾越的障碍。因为这个"知道"通常只是一个正确的说法或结论，我们对于正确的东西通常是非常缺乏敏感性和质疑的，所以需要退一步，需要质疑自己脑子里觉得没问题的那些东西，觉得百分之百没毛病的那些知识、见解、看法、结论，甚至是经验。

比如说，以前在探索当中得到的体验、经验，也许恰恰是首先需要拿出来被质疑的，或者说拴住自己迈不开脚步的恰恰就是这些东西。恰恰是这些我们以为有用，可以作为往后、往下继续探索的基础的东西（叫作"意识内容"或头脑里的存量）占据了我们的内心，让我们没有空间，蒙在了眼前让我们看不见真实。所以说，需要警惕或好好审视我们脑子里冒出来的任何一个想法，或者说出来的任何一句话，特别是那些觉得没毛病的话，真的需要翻回来或翻过来好好地审视和质疑一下。

当然这种审视和质疑不是一种对自己的要求，得是自然的、自己自发发生的才行，而不是当成一个实现目标的方法或工具，甚至可以说，对于我们现有的、已有的、抱有的那些东西的质疑，就是最紧迫也最有力的行动的开始。正是这种质疑，让自己不再直接接受、直接相信所抱持的东西，不再直接以它们为依据，这些才是最切近、最紧迫需要开展的行动。

2. 关于美的描述

互动环节就先进行到这儿。今天讲"美"这个主题，说到"美"，同学们是不是都有比较切身的、比较深刻的感触，或者是不是能够实时地体会到自己周围美的存在？

还是先拿桂林山水来做例子，可能比较贴近很多同学的现实或者生活。比如说，到过桂林或者在那里生活的同学可能对于美就会有非常直接的或者深切的一种感受和体会，毕竟桂林山水的美完全不是浪得虚名。

它是真的很美，哪怕是随手发过来那里的几张照片、一些视频、一些影像资料，我们看到都会觉得非常治愈，非常赏心悦目，让人心旷神怡。

即便是影像资料都已经有这样的一种效果或者这样一种治愈的作用，那就更不用说当我们身临其境地处在那个环境里，或者处在实地的漓江边上，那会是怎样的一种非同寻常的感受呢？我们推开窗户看到的就是雾气缭绕的山脉，走在开满了葱莲或者是韭莲的小路上，去到白鹭洲，看到一只白鹭就停在一头水牛的背上，那个时候我们所受到的触动、所受到的震撼，甚至是受到的冲击，肯定千万倍远远超过我们看到视频所产生的感受。我们就坐在漓江边上，看着漓江清澈的水，汩汩地从眼前流过，或急或缓，那时都不知道用怎样的一种语言来形容了，去过桂林，去过漓江的感受其实是无以言表的。

3. 美随处可见，时时刻刻，绝不雷同

当然，美不只存在于某一个特定的地方，它可能存在于很多地方，甚至存在于几乎所有地方。美存在于自然里，而自然，其实哪怕是身处在城市里，也在一定程度上被自然所包围的，起码我们头顶上有太阳、有天空，周围充满着空气，也能看到树木花草，各种自然的元素，都在我们身边存在，包围着我们。

当我们走到草地上、走在树林里，当我们仰望星空，当我们看到朝阳从东方升起，当我去颐和园，会看到夕阳从玉泉山落下，这些所有的时刻都是非常美的时刻。在这样的一些时刻，不知道大家是怎样的一种感受？要么就是美景的冲击让你完全忘我，你都完全不记得、不觉得自己的存在了；要么就是刚才还在喋喋不休，躁动不安的、渺小的、琐碎的自我，一下子就被眼前的美景所粉碎，哪怕在短暂的一瞬间化为了乌有，

于是你处在一种非常空寂、非常宁静的喜悦里。

　　有时我们周围的美可能不是这么具有澎湃的或者是磅礴的冲击力，而是一些非常宁静的美。比如说，今天北京下雪了，我就坐在窗户边的椅子上，就看着窗户外面被雪压低的树枝和树叶。当我安安静静地看的时候，会发现非常多的细节，也非常美的细节。今年的雪来得很早，所有的树叶几乎都还没有落下，梧桐树的叶子是绿色的，雪落在它的上面，积得厚厚的一坨或者是一团，积出来的雪的样子，就是一个手掌的样子，而雪落在了柿子树的叶子上，它就是一个厚厚的像卵形的一个样子。雪落在了竹子的叶子上，那又是一种狭长的叶子塑造出来的那一团雪的样子，树的叶子的形状就像不同的容器，把雪呈现出来各种不同的样貌和形态。

　　我家窗下是一排西府海棠，虽然只有一种树，但哪怕你就看那一棵树也会发现，树的叶子各个都不同，不仅是形状不同，而且色彩也非常丰富，既有浓绿色，也就是夏天的那种绿色，也有一种黄绿色，也有中间是黄的，但是边上是一圈橘红色的叶子，当然还有更深色的，已经变成了紫红色或者是褐红色的叶子，而这些叶子通通是在同一棵树上，在同一棵西府海棠的树上，所有的这些叶子上面都积了几公分厚的一坨或者一团白色的雪，那幅景象我确实不知道用怎样的词来形容，真的是美，而且它的每一个细节都是绝不雷同的，这些绝不雷同的美，每一处都是让你感到惊心动魄的。所以说，生命时时刻刻都有绝不雷同的美，而且是让你真的惊心动魄的美，只要你真的在看、真在接触你所看的那个东西。

　　看这棵树以及上面落的雪时，因为还有北风，一直很大，树枝在那儿晃来晃去，你知道那是一种什么样的感觉吗？就是你和树之间没有距离，你和它并不是分开的，不是想象，而是就好像你在那儿，你在风里面晃来晃去，你在那随风摇曳，这种感觉完全不是想象，而是一种没有距离，甚至时空都休止、停止的感觉。

　　这时，飞过来好多只小麻雀，其中一只就落在了一根海棠枝上，海棠枝是非常细的，也非常高，但是那只小麻雀停上去之后，完全不影响或者完全没有破坏那根枝的平衡，好像浑然一体和枝连在一起。然后，另外一只小麻雀落在了窗户下面屋檐的积雪上，它在那一会儿走来走去，一会站在那儿不动，但站着不动的时候，它的小脑袋是动来动去的，左

看看、右看看。特别有意思的是，它的那个样子和夏天完全不同，因为冬天来了，它的毛已经变得很厚，御冬的绒毛都已经长满了，于是，它脖子那个位置除了有一圈像是项链一样的白毛之外，你完全找不到脑袋和身子之间的分界线，不像夏天的时候你可以明显地看到一条曲线，从头经过脖子再到身体这样一个过渡，现在因为它已经长满了毛，已经变得胖墩墩、胖乎乎，非常萌、非常可爱。没有脖子，只有一个白项圈的样子，你就看它在那站着，脑袋动来动去。

特别有趣的是，期间有一个小姑娘在楼下从西边往东跑过去，这时小麻雀的脑袋就随着小姑娘跑过去的路线，目送小姑娘跑出了视线，然后它又把头扭回来，在那又动来动去。当你真的在看、真的用心在触摸你所看到的东西时，可以说"美"其实是一直存在的，它从来都没有离开你，而在这种完全没有距离的触摸或者是共处当中，你是非常平静的，就像波平如镜的湖水一样平静。但是有时候你可能被一种非常澎湃的东西所充满，就像有一股磅礴的能量向你汹涌而来一样，这时其实说被美治愈都已经不太恰当了，因为你和你见到的美其实完全没有分开，是一个整体。

4. 美的疗愈来自内心的安静

说到被"美"疗愈或者被"美"治愈，有两点可以更加细致地说一下。首先，当我们身处美当中，尤其是大自然的美当中，为什么会有被治愈或者被疗愈的感觉，甚至有肉眼可见的被疗愈的功效？这一点其实刚才已经稍微提到了，当我们在那样一种安静地和自然相处的过程中，和美的东西或者和美本身完全没有距离，完全没有分开，是一个整体，没有任何东西挡在中间，其实能量是可以非常高效地运转和流动的。

换句话说，在那样一种内心安静、敞开地和美在一起的状态里，有一种可以叫作无边无际的秩序在运行，能量在用它最为高效、最为直接，在我们看来就是最为治愈的方式在运行，它会去到生命所需要的地方，或者用生命所需要的方式去流动，这就是为什么在那样一种美的环境里或者在美当中我们会被治愈。换句话说，是心的开放，心的安静，允许了那种非常纯净、非常澎湃的能量在运行，非常有秩序的能量在运行，或者说，真正的秩序就代表了健康，它的运行就是健康，所以能够带来疗愈的作用。也可以说是安静或者内心的空无在治愈我们，在真正内心安静，内心空无时，就是和美连接在一起，被它治愈的时候。

换另外一个例子，有时我们安静地坐下，也许闭着眼睛没有看什么东西，没有看见很美的东西，因为闭着眼睛，非常安静地坐在这儿，真的很安静，内心里没有什么思绪，你安静地坐上几分钟，就会像整个人被充了电一样，它甚至胜过你睡很长时间。这时也是因为安静，能量在用一种非常有效、非常有序的方式在运行，也是在做某种治疗或者疗愈的工作。简而言之，是那种安静在疗愈我们，和美在疗愈本质上没有什么不同，因为在我们真正看到美的时候，毫无疑问是安静的，是内心空无的。相反，当我们喋喋不休时是看不见美的，被思绪占据时、被那些东西所牵制、所带走，是会对眼前的无论多美的东西都视而不见的。

所以说，安静和美是分不开的，就是因为安静，内心是空无的（不是空洞的），所以才能够见到美、才能够感受到美。好像前面也有一个同学问到了，"为什么我们看不到美？"这一定程度上就回应了刚才的那个问题。

当我们说到疗愈或者治愈时，并不一定是说有病的才会被疗愈、才会被治愈，而是首先是那种安静或美具有一种疗愈力或者是治愈力，是美或安静本身具有一种品质或者特质，就是它具有治愈力，而不是意味着我们一定是有多严重的病才需要治疗或者是治愈。

5. 美对疾病也可以产生切实的疗效

还有另外一点，我们也不用回避或者逃避这个问题，就是生而为人是生而受限的。只要我们在人类的社会当中成长起来，就意味着人类的意识洪流里边海量的内容不断地或者毫无阻碍地灌到脑子里头，而这些本质上就是意象的意识内容里边包含了倾向，包含了很多限制性的因素，当它灌到我们脑子里时，对于生命和身体，就会起到很大的一个局限作用，它会带来内心的冲突。内心的冲突就会反映在身体上，会积累造成身体上的不健康或者是某些疾病。所以说，我们还受那些内容的控制或者牵制时，或多或少是不那么健康的，这一点其实我们不用回避，或者是不用不敢面对，事实就是这样。

而刚才说到的那种安静或者那种美对我们的治愈，很多时候它就是在无声无息地、不知不觉地在粉碎和减少我们所受的这些局限，甚至可能在一定程度上切断了脑子里某些也许不太健康的脑回路，就这样的例子我们也听过不少。

我可以讲一个我朋友遇到的事情或者他的一个经历。有一次他去西藏到了珠峰，因为珠峰那个地方有点缺氧，当然那儿也非常美，有一种非常令人震撼的美弥漫在周围。大概有那么半个小时或者四十分钟，他是没有任何思绪的，一转眼好像半个多小时就过去了，他都不知道当时发生了什么。他也不知道那段时间是有一种巨大的喜悦，完全无法用头脑或者用言语来表达的一种体验，但肯定和思想或头脑或欲望满足后的快感完全不一样，只能知道它是不一样的，但是究竟怎样是没有办法回忆的。因为那个时间段里是没有留下什么记忆的，但是等他离开那个地方之后，他发现自己之前的很多生活里面非常顽固的一些习惯突然就不见了，因为他没有做任何的戒掉或者是改变之类主动的行为，但是那些习惯它自己就消失了。

这也算不上什么神秘的事情，短暂的不管是几分钟还是几十分钟的一个被美疗愈或者是被美震撼，于是处在一种巨大的狂喜或者喜悦中的状态，它的力量就切断了也许脑子里原来不太健康的某些回路，于是我们在不知不觉的情况下就得到了某种治疗。其实这种治疗不一定发生在那么苛刻的条件下，比如说，一定要去珠峰或者是去缺氧的地方、去非常美的地方，而是只要是安静地、只要是敞开心扉地、只要在实际地接触一个真正美的东西或者自然，那么类似的疗愈过程可能它自己就在发生，哪怕是闭着眼睛安静地坐着。所以说，我们既不需要回避或者隐藏我们所受的局限，以及这种局限对于身心带来的伤害和形成的不健康状态，也不用回避美对我们的治愈作用。

6. 真实自带力量

美或安静，它确实具有这种特质，和它几乎是同义词的，具有相同的特质的一个东西，就是真实。当我们毫无距离地、无缝地去接触真实时，哪怕真实是被称作所谓的"负面"的东西，比如痛苦、哀伤，无论什么，只要真的去触摸它，去体会它，不逃避它，当摸到真的东西时，也会有一种巨大的疗愈的力量，因为在对真实东西的直接接触当中，也是没有阻隔的，没有阻隔就意味着没有限制、没有局限、没有束缚，那就意味着能量是可以非常自然地、自由地、甚至高效地、有序地流动的，那么疗愈自然就会发生。

所谓"真实自带力量，包括疗愈的力量"，就是这个意思。只要我们不逃到虚幻的、头脑化的世界里，而是直接触摸真实，哪怕这个真实通常被叫作"痛苦"或者"不堪"，那依然具有巨大的疗愈的力量。因为我们触摸的是真实，可以说真实就包含了美，甚至真实就包含了爱，因为里面没有假的东西，它是很真、很纯粹、很单纯的东西，它就是美的东西，它里边就有一种爱，或者是甚至可以叫作"慈悲的力量"。

7. 问答

（1）人类的思想阻碍了美

有同学问："除了自然万物之美，人类本身的美为何极少？"

这是刚才可能忘记说到的一点，大家有没有发现那些真正的美，它具有一个什么样共通的特质？

它里面只有一种非常单纯、一种纯天然、纯自然的特质，也就是说，里边没有人为的因素。什么是人为的因素呢？不是说所有人为的因素都是败坏的因素。比如说，和自然完美融合的一些建筑或一些作品，它可能就不是在破坏自然，它和自然融为一体，和谐共存，但是那样的例子可能是非常少的或非常稀有的。

大部分的所谓"人为"的因素是个什么含义呢？大部分的人为因素是不是就像我们脑子里边大量存在着的那些意象或者是意识内容一样，是作为执念或欲望存在的？它里边含有了倾向、方向，这种倾向或者方向的存在，就让我们偏离了真实、偏离了现实，是不是也就偏离了美？

刚才也反复说到，那种疗愈之所以能够发生，是因为没有东西挡在中间，其实就是没有人为的东西，甚至没有思绪挡在中间，于是能量就可以非常自然地、高效地、有序地运转，而让人类身上的美如此之少的所谓"罪魁祸首"是不是就是这些？我们管它叫作"执念"（或者叫作"意象、欲望"），正是这些东西的存在，让人类的身上普遍就缺失了一种真正的美，这种缺失也就让那种完全自然的、健康的、本来可以无碍地流淌的能量就没有办法继续流淌了，于是就出现了堵塞和阻碍。就像身上的血脉或经络不通时出现的状况一样，可能就有结节，就有瘀堵，就会生病。

还有一些被治愈的时刻，比如说，我们看到孩子的眼睛，或者看到婴儿的眼睛，或者看到一个非常小的孩子时，无论是眼睛还是他整个人可能都是带着一种光彩的，带着一种非常纯真的能量的。我们看到或者是接触到这样的一种存在，或者这样一个小生命，其实都是在被治愈的。

同样被治愈的时刻还有，当我们看到一些小动物的眼睛，比如说，看到小白（我家一条白色的小狗）的眼睛，只有黑眼珠，没有白眼珠（当它只往一侧看的时候会有一点点眼白，但通常正看的时候只有黑眼珠）。当你看到它的眼睛时，也是被它治愈的，或者起码是被它萌到的；比如我家的花花（花花是我多年前领养回来的一只流浪猫），你抱着它时其实也是在被它治愈的，或者被它萌到的，即使不抱它，它可能就躺在屋子中间肆无忌惮地在那伸懒腰打滚，要么就躺在你的必经之路上面挡着不让你过去，或者在你走过的时候，它拿爪子去袭击一下你的腿或脚。

无论怎样，你发现那些东西或者那些小的生命，它的一举一动，因为是非常天真、非常自然的，它具有很大的一个治愈力。

（2）音乐具有疗愈作用吗？

有同学问："音乐具有治愈力吗？"

音乐其实就不太好讲了，因为很多时候音乐在表达什么，或者它从怎样的一种情绪里边写出来的，那是不一定的。如果音乐也是非常单纯的，它脱胎于那种非常自然、非常纯净的源头，而没有掺杂太多人为的意识形态的东西，那也许我们在欣赏它的时候也会被治愈。但是现在太多的音乐，包括歌曲里边有太多人的、其实是非常情绪化的东西弥漫在里边。

有的朋友很抑郁，他就去听一些音乐或者听一些歌，而那些歌本身也自带着一种抑郁的情绪或者抑郁的倾向，虽然他好像在音乐里找到了某种共鸣，但是很多时候那种抑郁倾向或者抑郁情绪的反复播放，反而会把他带得越来越深，或者越来越习惯于那种情绪状态，反而出不来。所以说，没有办法一概而论，音乐会不会也有治愈的作用，也许会有一些，或者也许会有很多，但是没法说一定会怎样。

（3）如何静心？

有同学说："也想静下心来，但是老感觉有一股浮躁的东西。"

安静它不是一个能够主动做到的状态，甚至也可以表达成：安静其实是一种否定的状态。是对什么的否定呢？是对不安静的否定，是不安静的东西消失了，安静才会自然而然地出现。

如果我们的现实是浮躁，那就去了解浮躁，和浮躁共处，不抗拒它、不逃避它，正面迎向它或者是拥抱它，真正地去体会它。当它不再成为我们的问题时，也许那个状态它就自己消失了。但是这不是在保证什么，也不是在教方法，而是说，身上发生的事情，唯一需要去做的就是正面它、直面它、拥抱它、体会它、感受它，无论发生什么。在所有的这种想改变或者是想逃离的动作停下时，自然就会有一种安静，或者在那种面对当中，哪怕面对的是烦躁，在对烦躁的面对和共处当中，其实自然就会有一种安静，因为你已经停止了后续对它的任何动作，不再逃、不再抗拒、不再想改变、不再想怎样、不再动，那么自然出现的就是静。

（4）Sue 为什么不是老师？

有同学问，Sue 为什么不是老师？

因为她就不是老师啊！Sue 是同学，是和大家一起并肩同行的同学，只是把在一起探索路上的发现分享给大家而已，因为不是在教大家任何东西，不是在传授任何东西，而只是分享，所以不是老师。

（5）真正的共处只有美和安静

有位同学说，"陶醉也是陷阱，对吧？"

如果是一种沉溺式的陶醉，比如留下了美好的记忆，那也是一种心理记忆。如果想要重复、反复回味，这里也就包含了倾向，这种倾向的存在，就又把我们拉离了现实、拉离了真实，这就是这种沉溺式陶醉的本质。

真正安静的或者是内心空无的共处，和美在一起，其实是不会留下心理记忆的。尽管也许可以把你看到的非常细致的过程描述出来，但那不是心理记忆，因为你没有想要重复它的任何愿望或者想法。只要我们愿意，事实和真相是可以随时重新去看的，所以不需要记住任何东西，随时睁开眼直接去看就好了。美也是一样的，因为美是无处不在的，你只要随时睁开眼睛去看就行，哪怕身处在钢筋水泥的森林里也是一样，我们可以看到从水泥缝里钻出来的小草或者是野花。这里并不是推崇人造的文明，它确实有非常大的局限性，只是说即使在这样一种看起来可以叫作恶劣的环境当中，自然还是无处不在的。如果你有真正敏锐的感知力，哪怕和所谓的"丑陋"共处，在那种共处中没有丑陋，只有美。无论我们面对的事实是什么，是丑陋还是痛苦，只要是直接在触摸，直接在面对，没有任何逃离的动作，也没有任何距离地和它共处，我们就一直是处在美当中的，只要我们一直是接触真实的，而真实里边永远是包含着美的。

刚刚说到了丑陋，为什么对丑陋的接触或者是对于丑陋的了解也是美或也包含着美？因为我们是在接触真实，是活在真实里的，意味着就活在美里，哪怕接触的那个东西是一种事实上的丑陋。换一个更具体一点的例子，比如说，事实上的暴力是丑陋的，或者它是一种事实上的邪恶或事实上具有破坏性的东西（暂且这样讲），但是对于暴力的面对、了解、接触和共处，对它整体的了解，其实是在接触暴力的完整事实或者暴力的真实、暴力当中所包含的真相的。在这样的一种了解、接触当中，实际上是没有暴力的，是没有丑陋的，只有真和美。只有对于暴力或者任何一个丑陋的东西，我们继续逃避它，甚至是抗拒它、对峙它，脱离它，那才是在延续暴力和延续丑陋。

（6）关于心理时间

有同学问："心理时间怎么理解？"

对于现在的现实，比如现在的现实是暴力、悲伤或者是痛苦，我们想把它变成另外一个样子，或者想逃避它、要脱离它，在这样一个动作或者倾向里面就包含了心理时间，因为我们不想要它现在这个样子，想要把它变成另外一个样子。

首先，倾向或者这个想法脱离于"一"，是脱离于那个事实的"二"，它是一种脱离，一说到脱离就有一种距离感，马上就拉开了、离开了唯一真实的"一"，那么拉开的距离感就是心理时间的含义，或者说心理距离和心理时间本质上是一个东西。为什么用"心理时间"这个词，是因为我们想要把它变成另外一个样子，通常是在不知道多久时间之后，现在它是"A"，要把"A"变成"负A"的时间肯定不是现在，现在是"A"，变成"负A"，我们觉得需要一段时间，心理上设定了一个时间通道或者一段时间上的距离，那么心理上设置出来的时间或者是距离就叫"心理时间"。

心理时间的存在就是逃避或者脱离的行为，包括抗拒，其至包括所谓的"意志力的接纳"，就是这些动作（这些离开现实或者离开事实的动作）带来的。或者是这个动作里面包含的心理时间就包含在了这些动的心思或者是动作当中，心理时间一运作，距离感就产生了。同时，我们就掉入了一个并不真实的范畴里，就活在了一个虚幻的维度里，就像有了幻觉一样。举个"海市蜃楼"的例子，我们看到那个地方有一个绿洲，但实际上它是个海市蜃楼，但是我们就奔着那去了，在一个幻觉驱使之下的行为不可能是真正正确的，也不可能是真正健康的，它只会带来破坏或者是痛苦。奔着一个幻觉而去，比如奔着海市蜃楼而去，我们去那里找水，必然的结果就是我们渴死在路上。这就是心理时间作为一个并不真实存在的东西，它作为一个幻觉，对我们产生的这种伤害或者是破坏作用。

好，再从另外一个角度来说一下，为什么会用心理时间这个表达？刚才说到，心理时间是说从现在实际的状态，我们投射出一个应该的或者是一个未来的状态，那么这中间就有了一个跨度，有了距离，有了一个时间感，就好像那是从现在到未来的一种时间感，所以管它叫作"心理时间"。

但是心理时间它也同时包含着另外一个方向的时间，那就是过去，也就是之前说到的心理记忆，就是留下的美好或者痛苦的记忆，它里边也包含了心理时间。

为什么说作为过去的心理时间和投射到未来的心理时间，其实本质上就是一个东西呢？因为成为心理记忆的东西，比如说一个美好的记忆，我们就希望它重复、重温或者再现，希望它重温或者再现里就已经包含了对于未来的一种投射，其实它就从过去又投射出来了一个未来，希望将来重温、希望将来再现。

那么这时就有一个我们管它叫全系列的时间尺度，从过去经过现在到未来，所以它整个是一个时间的通道，就是一个心理时间的通道。

同样，如果我们留下痛苦的心理记忆，那是过去产生的，留到了现在，它意味着希望避免，希望将来再也不要出现这种痛苦了，再也不要出现了，其实我们对于未来也有了一个投射，只是好像是一个负面的投射，不希望它再发生，或者希望它再也不要发生，那还是对于未来的一个期待或者是一个投射，那么这里也出来了一个从过去经过现在到未来的时间的全通道，这还是心理时间。

为什么说它是心理时间呢？因为它通通是在意识里或者脑子里构建出来的一个时间通道，或者是一个时间概念。这个时间它并不是一个真实存在的时间，真实存在的只有此刻这个瞬间——现在。过去已经湮灭了，并不真实，未来的还没来，也不真实，所以真实的只有此刻。关于过去的记忆和关于未来的投射，其实通通是一个虚构出来的时间通道，所以它并不真实，它的本质是不真实的，它是个幻觉或者错觉，就像海市蜃楼一样。如果我们被这种并不真实的东西困住，困在这个时间通道里，那么其实就被困在痛苦里，困在幻觉里和困在了痛苦里其实就是一回事儿。

你只要没有活在真实里，你就是活在幻觉里，而活在幻觉里肯定是痛苦的。虽然我们可以用所谓"快乐的幻觉"去催眠自己，其实依然是一种痛苦，因为你并没有在真正地活着，"想象的快乐"并不是真正的快乐，脑子里想象的东西带来的快乐，和我们真正地接触到、毫无距离地体会到的"美"所自然产生的喜悦，是完全不同的。一个是虚幻的，就像在做梦一样，而另外一个是你触摸到了真实、触摸到了美，从而带来的一种巨大的疗愈和巨大的能量的灌注，那是完全不一样的。

简而言之，活在心理时间里其实就是活在了一个并不真实的虚幻的时间通道里，必定就会制造痛苦。说得更具体一点，当我们总是担忧过去的痛苦再现，那么这种担忧本身就是痛苦，痛苦可能还没出现，我们一天到晚担忧它的出现，其实本身就已经是痛苦了。或者我们希望过去的美好回忆再现，和某某人过去很开心、很幸福，但是现在不能继续了，求而不得了，得不到了，那不也是痛苦吗？所谓的"美好回忆"，"美好"这个词，实际上是个骗子，在所谓的"美好回忆"里，"美好"这两个字才是个实实在在的骗子，因为那个回忆它真的不美好，它作为一个并不真实的、包含了心理时间的东西，它其实带来的是痛苦。"美好"这两个字实在是一个和事实相去甚远的、具有极大的欺骗性或者是迷惑性的词语。

心理时间的实质和它传达的表面上的意思完全相反，这就差不多回应了第一次分享时说到的，心理时间是对于人类来讲，最具破坏性的因素之一，它是人类最大的敌人。因为所有偏离现实或者偏离真实的想法、做法、行为，它就是制造痛苦的根源和呈现。

有个同学问我："最喜欢吃什么？"我没有最喜欢吃的，吃什么都行，只要不吃肉就行，我吃素，只要是素的，基本上什么都行，都好吃。

六、内心独立自由，才有能力去爱

2021-11-8

今天是"自己才是解开一切的钥匙"这一系列分享的最后一次，题目叫作"内心独立自由，才有可能去爱"或者"才有能力去爱"。

1. 爱不是一种能够主动给出去的能力

爱，是一个非常宏大的主题，也是自人类存在以来一个永恒的主题。"爱"这个词除了通常代表一种感受、感觉和感情之外，作为一个名词是它的其中一个含义，从今天的小标题里，大家可能也已经体会到了它的另外一个含义，它是一种能力，一种爱的能力。"爱是一种能力"并不意味着一定是一种主动给予或主动给出的能力，或给出爱的能力，而是说真正的爱也许并不是主动给出的。比如，当我们处在美景里或者站在一朵花的面前，它也是在散发着爱，但那份爱，它完全不是主动给出的，而是只要美景存在或者美的事物存在，爱就是在向外散发着的。就像当内心安静地待着或者身处山水美景当中时，当我们被美治愈时是被一种爱在包围着的，被一种真正的爱在包围着和治愈着，爱的能量在无缝地或者无处不在地流动着和弥漫着。

2. 爱的是别人，还是自己

什么是真正的爱？除了刚说到的那种被自然甚至被安静所治愈、所包围的那样一种爱的感觉之外，我们有没有体会过或感受过一种可以叫作"真正"的爱？或者我们可以从现实中或者日常生活中通常提到的爱、说到的爱开始说起。在关系中，我们经常会说到"爱"这个词，这些场合或者这些经常被高频地提到的爱，它究竟是什么含义？

先问几个问题，比如说，当我们说爱一个人的时候，那是什么意思？有同学回应说："当说爱一个人的时候，是喜欢和他在一起的感觉。"

所以，当说"爱一个人"时，表达是不太准确的，因为我们爱的不是他，而是和他在一起的感觉。是在一起时，自己的感觉很好，我们其实爱的、喜欢的是自己的某种感觉。这时可以问，我们真的是爱那个人吗？还是说爱的是自己？我们爱的是让自己开心、舒适和快乐的人或者事物，所有的爱其实最终都体现在自己身上，自己是不是开心。

在这样的一份爱里或者关系里，是不是自己依然是处在一个核心的位置？所以有时朋友来和我讨论，比如说爱情或者是彼此相互吸引时，我就问她这个问题，是他做了什么事情让你感觉很好，让你的自我感或者是虚荣心得到了满足，让你特别开心，还是说你真的爱那个人本身？不管怎样，只有和那个人在一起才有这样的感觉，重要的是自己的感觉很重要，是什么人能够满足自己，或者让自己很开心，这才是最重要的。我们不是要否定这种感受或感觉，只是再看一看，当我们说爱一个人时，究竟是什么含义？比如说，和他在一起，我特别地开心，他能给我带来很开心、很幸福、很满足的感觉。

3. 关心的是别人，还是自己？

我们爱一个人时会经常关心他的生活或健康，这时也可以问一问，是真的非常单纯地关心他，还是关心他一切都好才可以继续带给我非常美好的感觉？我们经常看到这样一个场景，一个人得了很严重的病，甚至是去世了，还健在的人会说，"没有了你我该怎么办？我该依靠谁？我该怎么活下去？"每一句话好像都在说"我"，"我"怎么办，"我"怎么怎么样。当我们说爱那个人，真的是关心那个人吗？还是永远或者始终都落回到了自己身上，我自己是不是安全、我自己是不是幸福、我自己是不是被满足。所以真的是爱那个人吗？这需要打个问号。

4. 为了别人委屈自己，是"爱"吗？

哪怕有时候我们为了别人好而委屈自己，但是为了别人好去这样做的过程中，也满足了自己是个好人的人设，而我们表现得看起来像一个好人，自己设定的人设被满足了、被执行了，是不是直接就能带来一种让我们感觉很安全、很舒服的那种味道？说这些是不是有点儿太过犀利、太过直接？但是，我们通常以为的那些想法里边是不是真的在反映事实、代表着真实的情况？所以简而言之，就是这样一个问题，当我们说为了别人好、为了你好，于是做了什么的时候，实际上真的是这样吗？

刚才有同学说到，"好像爱的出发点是自利。"如果所有最后的感受都落到我自己觉得满意，哪怕是为了别人，最后还是让"我"自己开心、满意、觉得安全，让我自己觉得舒服时，是不是可以说，最终还是为自己服务、为自己在做事情？虽然听起来好像我们是在利他、在为他人付出。

5. 不求任何回报的期待是"爱"吗？

甚至还有一种会更难看清的情况，比如前些天在南京同学会上提到的一种情况，父母对于孩子的爱，通常会说那是一种非常无私的爱，有很多非常称职的父母会无微不至地关怀自己的孩子，不像很多其他的父母一样，只是想让他完成自己没有完成的抱负，或者用各种方式去塑造他、去要求他、去训练他，或者让他去竞争、去拿什么名次之类的，就是用各种其实是自己特别在意的因素强加到孩子身上，让他去帮助自己完成自己的心愿，不像这样的父母，我们说的是非常开明的父母。

开明的父母真的会无微不至地照顾自己的孩子，不求孩子有什么回报，也不希望或不要求他将来成名成家，而只是希望他健康快乐地生活，也不要求他将来孝顺，也不要求他将来长大之后要给自己养老、照顾自己，简而言之，不要求任何的回报，是一种非常无私的爱，因为好像关心的只是对方。虽然你不希望或者不需要孩子给你任何回报，但是你起码希望他一切都好，或者希望他是幸福的，或起码是健康和安全的。我们通常认为这样的希望、期待是完全合情合理的（在这里我们并不是批判这种希望或者期待）。父母希望自己的孩子所谓"好"，但是万一孩子出了什么事情，比如遇到了什么危险，或者受到了某种欺负，或者希望他处在的健康快乐甚至安全的状态万一没有实现，父母这时会是什么反应？这里并不是说要求大家不要抱这样的期待，或者不要希望自己孩子好，完全不是这个意思，而只是说看看这里边有什么。

这类期待看起来非常合理，但它本身依然是一个期待。我们希望孩子如何的期待得到了满足，自己就觉得安全、满足、开心，有一句话叫作"你快乐，所以我快乐。"表面上不为了自己，只为了让你快乐，那你快乐就是我的快乐。但这个表达本身就已经泄露了一点点东西，最后还是落到了"我"或者"我们"自己身上，就是你快乐，所以我快乐，最后还是我快乐。

回到刚才那个例子，哪怕我们对孩子没有其他的期待，比如，让他回报、孝顺我们之类的，但是我们依然对于孩子的状态是抱有期待的，而这个期待实际上是自己心里的期待，它最后落到实处的还是需要满足自己的某种需要。

这样直接去看这个问题会显得比较没有人情味或者比较冷漠，我们并不是批驳或者批判这种关系，而只是再看看这里边有什么，包括我们经常听到的另外一个关系里的说法："我是为了你好。"这就像说 "不是你冷，而是你妈觉得你冷。"除了这种明显地没有从孩子的实际需要出发考虑给他穿衣服，或者考虑他有什么需要之外的情况，有时候我们会说："我做什么都是为了你好，都不是为了我自己"，但这句话真的是在反映事实吗？

我们做一件觉得对别人好的事情所依据的是什么？是不是自己心里觉得正确、觉得安全或者觉得恰当的一些规则、理念和期待，是自己首先投射出一个"应该"的样子，我们觉得"应该"的样子实现了就代表着安全、快乐。也就是说，我们做看起来是为别人好的事情，其实首先是依据自己觉得安全、觉得正确、觉得稳妥的那些观念、规则去做的，是按照那些我们觉得正确、稳妥的观念去做，是让我们自己觉得安全和稳妥的。用非常通俗的话来讲，我做我觉得对的事情，按照我觉得对的原则去处事，我是觉得心里舒服的。

6. 真正的爱没有选择、没有动机、没有方向

一开始问到了一个问题，说："爱是一个真的能主动给出的东西吗？或者是为了某个目的、在某种动机之下做出的行为吗？"还是说，真正的爱可能完全是没有动机、没有目的性的？它完全没有一个想要达成的目标，哪怕那个目标看起来特别单纯地利他、为别人好，连这样的一个目标都没有。

就像一朵花在那里开放，没有任何利他的动机，只是在开放以及把美散发出来而已，当中不包含任何的动机或者方向，它是一种遍布的存在，不会因为你是一个世俗意义上的坏人，它就不开给他看。真正的爱其实是没有选择的，不挑三拣四，动机就代表了选择，因为动机有方向，

就是一个选择。

比如说 360 度，你就朝向那一度，它就是一个非常狭窄的方向，这就是动机的含义，它就不是一个全方位的、遍布的存在了。刚才有同学也提到了，我们通常的"爱"里面就包含着依赖的意思，依赖从那个人身上得到好的感觉。但是依赖是一件很危险的事情，不仅仅把我们放在一个所谓"风雨飘摇"的境地，导致不独立（喜怒哀乐几乎都取决于对方，就是一个非常不安全的境地），同时，依赖的存在必然意味着限制对方的自由，因为你对他有某些要求或者期待嘛，依赖，就是这个含义。

比如在恋爱关系中，你可能会对他有各种要求，多如牛毛，比如，我要求你、期待你每天要和我说晚安，万一有一天你没对我说晚安，我可能就觉得不安全、不踏实了，你是不是在做别的事情？你是不是在和别人说话？你是不是不在乎我了？怎样怎样……我们会把自己所有的感受都寄托在对方的行为上，对于对方的这种期待、这种要求越多，自己就越不稳定，对对方的限制也就越多，对方可能就是处在一种时时刻刻都被约束、被限定、被控制的状态之下。这时，当我们如此非常密集地依赖对方时，这有可能是一种真正健康、持久的关系吗？这个依赖里面时时刻刻都在运行着、具有着一种破坏关系的因素。

用一些比较通俗的例子来讲，比如说，由于存在各种猜测、各种怀疑，于是我们就去控制，也许那个关系本来没有问题，双方都很爱对方，但是由于开始控制、要求、限制，就让爱没有那么单纯了，就变成了你这样控制我、要求我，我才去爱你，才去做那些爱的表示或者爱的行为。如果我在这种控制和要求的逼迫之下，去做那些你要求的行为，这时爱已经非常地不单纯了。就像说，我们有了一个结婚证你才爱我，没有结婚证你就不爱我，你到底是爱的结婚证还是爱的我呢？

同学们也提到了，我们的爱似乎是某种交换。对，很多时候我对你好，是希望你也对我好，或者有时候我们会抱怨说，我为他做了那么多，我那么体贴他、照顾他，他怎么就不那么爱我。这个话说起来好像很无辜，但是交换、交易的味道就已经非常明显了。

当关系是一种交易关系，可能有真正的爱吗？或者当关系里充满着控制、要求、限制，甚至各种跟踪、监控之类的，有可能是真正的爱吗？即使对方处处满足你的要求，但那也是在你要求之下才呈现出来的，而不是他自发的，你怎么就能够接受这样一种并非自发的，而是被限制、被约束才呈现出来的所谓"爱"，那不是很假吗？

这些话可能会打击到很多同学，但我们只是让大家看清实际的关系或实际的爱里边究竟包含着什么。而真正的爱，只有在那些杂质消失时，才有可能出现，那样的爱才是一种非常单纯的、非常直接的、真正无害的爱，否则就是一种绑架，就是一种要挟。

7. 爱不能主动地从正面去要求、去规划

说这些并不是说要求大家去做到那种不包含着任何控制和要求的爱，这是没办法从正面去做到的。当设定了什么是真正的爱、什么是无私的爱、什么是无我的爱的标准，然后去给予、去爱他人时，也不可能是真正的爱了。

首先，这样充满了对自己的限制、要求和捆绑，当我们把自己捆得死死的时候，连真正的自由都没有的时候，还可能去给出真正的爱吗？就像我们给自己树立了一个好人、善人，甚至是完人、圣人的人设，在这个人设里可能有几千、几万条如何利他的规矩，按照这些规矩去做、去给予爱，给出的可能是真正的爱吗？

有同学问："要如何去爱一个人？"

　　刚才已经说到，爱是没有办法去计划、去规划的一件事情，因为一旦计划或者规划就又落入到了教条里，落入到了思想的圈套里，那我们怎么去爱呢？既然爱不是一个能从正面甚至能主动地去做的一件事情，我们没有办法设想出一种完美的爱的样貌，然后去实现它，而是只能从自己的现实出发了解现在的关系里或者现在实际给予的爱里有什么。如果有杂质，我们就去发现那些所谓的"杂质"，看清它，于是这些杂质在我们的看清之下它自己消失。当这些杂质因为看清而消失时，也许那份非常单纯、可以叫作"真正的爱"，自己就会出现，而不是说需要我们主动地去努力实现一个所谓能够给予爱的状态。我们需要发现平常假爱之名的那些要求、控制、期待，实际上它们是在破坏关系或者是在污染那份爱，于是我们能够自己停下那些所谓的"添加杂质"的行为，那份单纯的爱它自己就有可能呈现出来。

　　而当所有杂质都消失时，也就是所有的动机、目的、方向都消失时，

出现的那份非常单纯的爱，就像是阳光照耀大地一样，那样一种遍及的爱，而且是无差别的爱。

这个无差别并不是说所有的树或叶子都会接收到同样的阳光，而是说阳光不会因为任何的评判就不洒在某些树上，因为个体差异或各种所谓"客观的差异"是存在的，就像阳光也是，它可能能够撒到一些阳面的植物上，阴面的植物可能就沾不到，或者一个屋子里密不透风，那里就接收不到阳光。无差别并不说平均主义，只是说没有任何的选择，完全自然地在挥洒阳光或者挥洒那种爱。换句话说，当我们身上不再具备那些杂质时，才真正具备爱的能力。

而且爱的给予（这里也不适合叫"给予"）只是一种非常自然地、连主动的意愿或意志都没有的一种散发、发散。哪怕你不做什么事情，只是存在着，那爱依然在散发着，就像那朵自己在那开放的花一样，或者就像那颗在自己发光的太阳一样，因为没有那些杂质或者没有那些动机、没有那些期待，没有任何东西阻挡在中间。你的存在和周围一切的存在之间是没有阻隔，也没有距离的，也是没有分开的，是一体的，所以甚至都不是你在爱着什么人或者是爱着什么对象，你的存在本身就是爱的体现。你无论做还是不做，都不是一种选择。

稍微退回来一点，简而言之，只有我们自己身上那些败坏爱的或者败坏关系的因素消失时，真正的爱或单纯的爱才可能出现。而这些因素的消失其实是来自我们对它的了解，或者对于平常所说的那种爱的一种深入的探究和看清，所以如何去爱这个问题，其实是没有办法从正面回答的。

有同学说："貌似不求回报的爱，也是自导自演的一场苦情戏，自我感动，不愿出戏。今天一下子就如梦初醒，这种人设的扮演也是一种杂质，不是真的爱。"

没错，爱是没有办法设计的，我们没有办法设计一种完美无缺的爱，然后去照做。就像画了一张蓝图，要把它实现出来一样，哪怕我们尽心竭力地去实现那幅蓝图的样子，那也不是真正的爱，而是头脑对于行为的一种塑造，是一种在非常局限的框架的限定之下做出来的行为，怎么可能是真正的、自发的、自然的爱呢？

所以说，这种单纯、干净真的非常重要，就像有时我们说：有多单纯才听得见真理的声音，那同样得有多单纯才真正拥有爱的能力。而且在真正的爱里，没有悲伤，也没有痛苦，因为你没有一个自己设定好要去实现的期待、愿望，所以也就不存在期待、愿望实现之前或实现不了时，会出现的那种悲伤或者痛苦。反过来说，要是你的爱里边有痛苦，无论是爱而不得的痛苦，还是你爱的人出了什么状况，于是很痛苦，其实可以说都不是真正的爱。

回到今天的主题，只是换一种方式在表达这样一种爱的能力或真正去爱的能力，只有当我们是独立和自由的时候，才有爱的能力。自由的意思其实就是不依赖，不期待从对方那里得到任何东西、任何回报，包括对自己不存在一种好人人设的要求，而是真的没有任何的期待。我们通常见到的那种所谓"不求回报"的爱多数是假的，嘴上说着不求回报，暗地里在期待着别的回报，或者哪怕是期待对自己的一种肯定，一种自己人设得到满足的愉悦感，其实也是一种回报。

换句话说，自由其实就是不被任何东西挂住，不被人设挂住、不被期待挂住、不被任何要求挂住、不被任何"应该怎样"挂住，这时我们才是自由的。换个表达，就是不被任何一个方向或者任何一个倾向，不被任何一种"想改变""想成为"的心思挂住时，我们才是真正自由的，这时才有可能给出爱或有能力去爱。不被挂住就意味着我们没有挂在任何东西上，没有攀附在任何东西上，或者没有执着在任何东西上，也就意味着独立，你是孑然独立的。

独立和自由就是同一个状态，说的是同一件事情，就是没有任何预设的目的、动机时，或者对于任何事情、任何人、任何发生的状况都没有任何看法时，我们才是真正独立和自由的。

也就是说，只有我们内心真的很安静、很空无，不受任何已知或者知识，或者脑子里没有任何内容在塞满内心时，我们才有能力去爱，才处在一种真正有爱的状态。大家发现没有，所有的表达都是否定式的表达，就是没有这个，也没有那个，所以如何去爱或者怎样能有真正的爱，其实完全不是一个能够从正面主动去做到的事情。

8. 问答

（1）看清自己的受控模式胜过做出选择

有一个问题说："发现自己长久以来都是在特别在乎别人对自己的

评价模式之下做决定或者行动的，对这个模式是应该拔除还是应该利用？"

可不可以先看看这个问题本身呢？对于自己现在已有的思维模式是要把它拔除还是要利用，这个问题是怎么提出来的？对于自己身上现存的某种模式，我们对它要么用"迎"的态度，要么用"拒"的态度，这样一种应对的方式，是不是也是一种模式？

也就是说，对于现有的事物或者现存的状况，用什么样的方式或模式在对待，是不是首先需要去了解或者看清，而不是急着去做选择，这种非此即彼的选择模式，是不是首先需要得到了解？如果对于这个模式没有了解，而是在这个模式的控制之下继续进行选择或者做出反应，可能是一种盲目的延续，和你刚刚发现的模式可能并没有本质的区别。所以，是不是可以先停下来看看这个模式本身或者所有的模式本身。

（2）时刻关注现实发生的事情

有同学问："是不是爱只能自发地出现，而不是问我们如何去爱？"

一位同学回应："其实最需要看的是我们关系的现实里或者实际的关系里究竟发生着什么？"

对，简而言之，我们永远的、首要的当务之急是去看现实里边存在着什么，现实里边存在着什么样的事实或真相，是我们最需要去了解的、去面对的，而不是说问"应该怎样"。

（3）关于开悟和转变

有同学问："能不能讲讲开悟或者是转变的事情，那能够对大家有所帮助。"

回应一下这个问题，谁告诉你这个 Sue 开悟了或者转变了呢？或者你怎么就以为她开悟了或者是转变了呢？她可能根本就没有。所以这个问题也许是一个不太恰当的问题，或者是没法回答的问题。

如果可以给大家什么建议的话，那就是像刚才有位同学回应的那样，自己生活里、现实里在发生着什么、最切近的现实是最需要我们直接了解和面对的，除此之外，没有任何其他的出路。一回到并非现实的那个方向上，开始想开悟，开始琢磨什么彻底转变的问题，就离开了我们的现实，就一下子跑到了一个虚幻的范畴里，一个并不真实的方向上，这样转变永远都不可能发生，因为我们跑到了幻觉里去了，怎么还可能看清什么呢？

如果我们的现实是受限的、破碎的，那就真的不可能知道是不是存在完整或解脱的状态，唯一知道存在的可能就是一种受限的状态，除此之外，其他的什么都不知道。对于所有并非现实的状态的思考，其实都是想象和猜测，又跑到了一个并不真实的范畴里，离真实或离真相就越来越远了。

所以说，对于偏离现实的所有思考、想法或者活动，都需要有十万分的警觉，一旦没有警觉、没有敏感，实际上就会极大地浪费能量，把注意力一下子带跑了。我们的能量本来就被浪费得很严重，所剩无几，如果还在这些虚幻不实的事情上去浪费，那对于现实里所包含的真相就真的没有可能去把它看清楚了。所以我们能不能始终或者永远都把眼光放在现实上，着眼现实，这是最关键的事情。

七、意识

2021-11-19

今天讲讲"意识"这个问题，可能还会讲到时间和空间的问题。讲这个主题之前，嘱咐大家一点：接下来要讲的内容，不是要证明或者论证一个已经存在的结论，而是重新来看要讨论的问题的事实或者真相是什么，这点真的非常重要。我们做的不是一个论证的工作，不是要进行一个论证的过程，而是说我们直接重新一起来看将要讨论的那个问题，它实际上究竟是怎样的。

刚刚有同学问："为什么要讲意识这个问题？"因为有些朋友对这个问题比较感兴趣，所以就先来说说。但是，对于这个问题我讲起来有些迟疑，一个原因是这个问题并不容易讲清楚，另外一个是如果大家在听的过程当中，没有切身感受或者体会的话，而是只听到一些说法或者结论，那很容易在脑子本来就不是很清楚的情况下，会更加混乱，或者会产生一些可能不切实际的想象，甚至是幻想。

所以说，对于接下来讲到的内容，大家首先不要接受，然后在自己没有切身感受的情况下，也不要在那些说法的基础上进一步展开，比如说推导、想象或者是猜测，甚至是思考，而是需要退回到自己有切身感触的那个地方，再重新开始看。否则，走下去的基础就会不扎实，就会一下子跑到了一个并不真实的领域里去，这是需要说在前头的几句话。

1. "意识"的含义

我们开始讲"意识"这个问题，先说说"意识"的含义是什么。

今天要讲的"意识"并不是平时讨论时讲的含义，平时讨论时讲的基本含义是意识的内容，"意识就是意识内容"这个含义，而通常所说的意识内容指的是意象、心理记忆，也就是说所谓"越位的思想"或者跑到心理层面的思想，这是大部分时候说意识内容所指的含义，也称作"意识洪流""意识洪流里的内容"。它确实是非常重要的一个方面，因为它关系到每个人内心的痛苦以及人与人之间的冲突，这些非常重要、也非常关键的问题，也关系到每个人是不是真正可以内心安宁、彼此之间和平地活着，这确实是一个非常重要、非常核心的问题。

但是今天讲的"意识"不是这个含义，起码不只是这个含义。之前讲的是以"意象"为主的意识内容的含义，也就是"越位的思想"，今天讲的意识不仅包括"不越位的思想"（在其位的思想，作为生活所必须工具的那些知识、技能这一类的思想内容），而且还包括了意识内容之外的意识能力或意识功能。

说到意识能力或者意识功能，它不仅包括大脑的功能（因为通常说意识功能或意识能力，主要指的是大脑，它在我们认识世界的过程中起到了一个抽象地思考或者识别，以及在识别的基础上进行进一步加工的这样一个功能），也包含了全部感官在内的一个整体的意识功能或意识能力。

所以说，用感知能力会更准确，或者概括得更全面。意识功能或意识能力指的是这样一种整体的、全面的感知能力，包括所有的感官：眼、耳、鼻、舌、身，甚至包括直觉在内，是一个整体的感知能力。

但为什么还用"意识"这个词呢，因为感知主要是一个动词的含义，而意识它既可以是一个名词，包括了越位、不越位的思想在内的意识内容含义，也包括了一种功能或者一种能力这样一个可以叫作动词的含义，所以我们暂时还是用"意识"这个词。

最后也许会说到，意识所涵盖的也远远不只人的意识内容和意识能力这个含义，它的含义要广得多。

2. 人类的意识功能

（1）全人类共用同一个意识能力

我们先从人类开始说起，先说一个是否可以叫作"共识的、事实性的"东西，那就是：全人类其实共用的是一个本质上相同的意识能力。用"相同"这个表达已经不是特别准确了，更准确的说法，实际上全人类共用的是同一个意识能力，下面举一些更具体的例子。

例如，两个人来自地球的不同地方，语言完全不通，谁也不知道对方在讲什么，但是同时看到前面有一座山，然后两个人给山拍了一张照片，哪怕他们语言不通，也都知道这个照片代表的就是山，这张照片不是山，是对于山一个极简的、抽象的指代，但他们都知道这个照片拍的就是山，指的就是山。

这个例子非常简单，这只是一个视觉方面的例子，看到照片就知道它指的是山，无论我们来自世界的哪个地方，无论语言通或不通。我们的感官有各种不同的方面，就像在视觉上，我们认知或认识世界的方式，其本质上是一样的。也许细节上有些差异，比如说，我近视眼，我看那个山可能看得不是很清楚，然后你是飞行员的眼睛，那就看得非常清楚。但是，无论如何那是一些细枝末节的所谓"个体差异"，我们用视觉的方式去认知山的方式是同一个，否则不会都知道那个照片指的就是山。

当然，其他感官也一样，比如我们被针扎一下都会觉得疼，虽然用的词汇不同或者是感觉疼的剧烈程度不同，那只是细枝末节的个体差异，我们本质上还是用同一种方式在感知这个疼，被针扎一下都是疼的。

总的来说，各个感官的运用或者使用，它所用的认识世界或者感知世界的方式，全人类共用的是同一个方式。虽然语言不同、表达方式不同，甚至个体差异也会不同，有的感觉剧烈一点，有的感觉轻微一点，反应也不会完全相同，但是，本质上全人类是用同一种方式在感知这个世界。甚至说到语言和文字也可以，就像刚才提到照片指的是山，中国的文字最初是象形文字，象形文字其实只是极简的一个简笔画而已。照片在很具体、很丰富地展示一些信息，而像最早的甲骨文的"山"就是几个非常粗略的线条，但它其实也是一种和照片本质上没有什么区别的对于实物"山"的一个极简的抽象，只不过不同的文化或者是不同的种族，抽象的方式看起来不太一样而已。但是总体来说，都是用大脑对于具体的事物进行抽象的方式，我们感知这个世界的方式，从根本上来讲是相同的。

我们先把日常生活中最常见的这种感官的感知方式来讲一下（后面可能会讲到一些我们并不是很清楚的、比较遥远的东西），刚说到的是最常用感官的感知方式，还没有说具体的内容。照片已经算是意识的某种内容了，感知内容就和象形文字的"山"、作为简笔画存在的"山"这个最原始的字，本质上没有太大的区别了，已经算是内容了。但是我们现在还不讲内容，我们先讲这种感知方式，包括"疼"，其实也不是内容，疼只是一种感官的感觉，被针刺痛了，它只是那样一种感受或感觉。在把它诉诸语言之前，它就是一种感受或者一种感知。简而言之，我们是在讲这种感知的能力，全人类共用的是同一个，用"同一种"都不太恰当，而是"同一个"。

（2）人类的感知方式决定了世界呈现的样子

接下来看看感知能力或意识的能力有什么特点。先说人（后面再说其他的动物和生物），通常情况下的感知方式（不包括科学研究或借助其他的仪器去认识这个世界），人类只能见到从"红"到"紫"这样一个可见光的范畴，红外线和紫外线肉眼是见不到的，这也是全人类共用的一个方式，普通的人类或者通常的人类是这样子的。而可见光其实只是光谱当中非常小的一段儿，我们只能见得到这一小段儿，这也是全人类共用的一种感知尺度，就是只看得见可见光这部分。换一个角度来讲，如果我们能够见到紫外线和红外线那部分，这个世界就会是完全另外一个样子。但是，现实情况是只能见到整个光谱里非常小的这一部分的光线，而作为可见光的这个部分，里边有色彩，也会有形状（其实色彩也决定了形状），也就是说，只见得到可见光这个范围的光线，它是不是就决定了我们看到这个世界的样子？

刚才提到，如果我们能够见到紫外线或者红外线，那么这个世界就会是另外一个样子，就像用紫外灯或红外线探测器看到的那个样子一样，但是我们不借助任何的仪器，只是用我们的肉眼见到的世界，就是可见光范围内的样子，这是非常显而易见的事实。但这里强调一句话，就是：我们感知世界的方式或者这个尺度决定了这个世界呈现成什么样子。

换句话说，这个世界之所以呈现成现在这样的样子，比如说我们看到山，看到一些植物、一些动物，看到各种相对独立的生命体（它们看起来是分开的），我们看到这个世界是这个样子，或者世界呈现成这个样子，是我们局限的感知方式所决定的。由于我们只看得见可见光这个部分，这个显而易见的事实就是：我们眼前目前看见的这个世界的样子，是由我们的感知的方式或者感知的尺度决定的。

这里说的可见光，因为它真的是非常小的一个部分，而对于这个部分的某种感知就决定了这个世界有各种各样的形状，有各种各样的色彩。

再换一个感官，比如说触觉，你现在摸自己的手，觉得手有一个边界，皮肤就是边界，皮肤之外是空气，皮肤里边是表皮、真皮、血管、肌肉等人体的组织。触觉是不是也是一种感知方式或者权且叫作某种在一定尺度之内的、有局限的感知方式，而呈现出来的一个结果？比如手是固体，或者是任何一个固体、物体都可以，它之外是空气。借助一些物理学的常识来说，固体的分子结构更加致密，排列更加整齐，它的密度更大一些，而气体是游离的空气分子，它很松散，所以几乎是摸不到的，除非有风你才能感觉到气体的存在或者空气的存在，但是固体你可以直接用手摸到。比如你摸木头的边缘，其实摸到的是一个边界，这个边界意味着两个属性或者是特性不同的东西之间的一条类似于界线。如果没有任何不同，就摸不到边界，如果这个木头的质地和它之外的质地是完全一样的，是摸不到边界的。因为木头的质地和它之外的空气的质地或特性是完全不同的，所以这个边界才存在。

（3）局限的感知方式产生的错觉

刚刚提到一点点物理学的知识，固体它是由更致密的分子组成，分子是由原子组成，而原子则是由原子核和快速运转的电子构成。原子好像一个球，但实际上原子核和整个原子的比例大概就类似于一个乒乓球和地球的这个比例（可能不准确，只是做了一个大致的比较），原子核如果说它是物质，周围围绕的电子其实是一个高速运转的粒子，而这个球其实并不真的存在，它之所以看起来像个球，是因为电子在里面高速地运转。

就像电扇一样，在它高速运转时，我们看到的是一个圆面，但实际上这个圆面并不真的存在，存在的只有一片一片分开的叶片。电子也是类似的，就是这个球并不真的存在，存在的只是若干个高速运转的电子而已，也就是说其实原子的大部分地方是空的，就像刚才说到了原子核和整个原子的比例，就像乒乓球相对地球的比例一样，它大部分是空的。也就是说，我们以为木头作为固体，它的质地是致密的，是有很多个原子拼成的或者是排列而成的，但实际上这也只是我们在某一个非常有限的尺度上的感觉而已。如果我们能够感觉到电子的运动，以及电子和中间原子核之间的这样一个空间关系，也许我们感知这个世界的结果就会完全不同。

如果每个人手的感知或者眼睛的感知都是电子显微镜或者更高倍数显微镜的尺度，那么看到的这个世界的样子也会完全不同，不同尺度看到的世界，比如原子也是空的，甚至往下更小的粒子，可能原子核里边的质子和中子它的内部可能也是一个巨大的空间或者以没有什么东西为主的一个东西，还是空，更多的空。用这个做例子来说明，我们感知这个世界的方式，就决定了这个世界现在呈现出来的这个样子。对于听觉也同样，耳朵也是只能听到声波这个范围之内，超声波听不见，更低频率的听不见，更高频率的也是听不见的，所以这个世界呈现成听觉的这个样子。

所有的感官都只能感知它范畴里尺度非常小的一个部分，这种暂时叫作"局限"的感知方式，就决定了这个世界呈现出来的样子，反过来讲，这个世界之所以呈现成现在这个样子，是我们的感知方式决定的。当然，用"决定"这个词也不是特别恰当，因为它其实并不是谁决定谁，而是一体的呈现，就是感知方式呈现出来了，就是这个样子。

3. 感知能力并非人类独有

再说一遍，人类在用一定尺度内的、可以叫作非常局限的方式在感知和认识这个世界（这里还没有涉及意识内容，只在说感知），换句话说，这个世界呈现成这个样子，实际上是一种意识能力的或意识功能的体现，而感知的方式不只是人类独有的。

出现在我们视野里的，除了那些暂且叫作没有生命的山川、湖海、天地、太阳这类东西之外，也能见到生物，比如动物。我们刚说到全人类共用同一个本质上相同的感知方式，那比如一条小狗，我可以和它互动，有某种交流，我喂它粮食吃，吃了之后它可以活，它也知道我喂它的粮食是可以活下去的东西。说到这儿，大家是否能体会到，其实所有的动物和人类共用一个大同小异的感知世界的方式。就是说，动物之所以呈现成它是个动物，也是在我们那种特定的感知方式之下的呈现，如果

我们能看到可见光之外，或者能感受到非常小的尺度的基本粒子的运动，那么我们看到的那条狗可能就不是狗了，可能是完全另外一个样子了。

虽然狗看人和人看人不太一样，狗感知世界的方式和人的差异肯定比人与人之间的差异要大一些，但总的来说，还是一种细枝末节的不同，我们同样是在共用同一个感知世界的方式。比如说，有互动，然后知道给它吃这个东西就可以活，要不然会饿死。

这个世界不光是山川湖海，包括所有的生命（暂且叫作"狭义的生命"，就是动植物，包括一些甚至是微生物），这些生命形态的呈现也是我们这种感知方式的呈现，或者是我们这种感知方式运行的"结果"。

我们换到用"感知"这个词，就是：这个世界（包括日月星辰，包括山川湖海，包括所有的动植物，包括人类）呈现成这个样子，实际上是有一种遍及一切的感知功能在运转、运行，就是这种感知方式的运行，让宇宙呈现出来。哪怕我们借助仪器（科学越来越发达）能够发现平常肉眼或其他感官感知不到的东西，比如会发现什么反物质或者暗物质之类的东西，这依然是在用人类认识世界的方式，只不过借助了仪器，还是用人类认识世界的这个方式在研究科学。

说到这儿，就可以说这个世界之所以呈现成这个样子，是一种遍及一切的意识——为什么用"意识"？因为它是用一种感知方式在呈现、在互动的，但这个"意识"它不是一个主观的东西，这种让整个世界呈现成这个样子的、有一定的局限和尺度的、有一定范围的这种感知方式，其实是一个非常客观的东西。虽然用的是"意识"这个词，但它是一个非常客观的东西，它不是一个主观的东西。所以说，简而言之，这个世界之所以呈现成这个样子，是一种遍及整个世界、遍及整个宇宙的一种意识或感知的方式在运行的结果。

4. 宇宙秩序和它呈现的样子是一个东西

有人会提到所谓"万法唯心造"，但实际上"意识"是一个非常客观的东西，并不是主观的东西。这个世界呈现的样子、呈现的所谓的"外在"或者"外貌"和这种感知方式并不是两个东西，它是一个东西。这种感知方式和它决定呈现的样子，完全是一个东西，并不是一个造出来的东西，所以用"呈现"这个词会更恰当，它只是这种感知方式或意识运行方式的呈现而已，并不是一个所谓"谁造谁"的关系。

换另外一些词可能更容易理解，把"意识"这个词可以换成"某种秩序"，整个世界是有一种无比广大或无边广阔的秩序在运行的，秩序的运行以及秩序运行呈现出来的这个样子，它就是我们现在看到的样子，或者没看到但可以去了解、可以去认识、可以去研究的样子。实际上这个秩序和秩序呈现的样子是一个东西，并不是说是秩序决定了什么，而是这个秩序本身和秩序的呈现就是一个东西，是一个整体，压根儿就不是两层皮，不是分开的。

5. 世界的真实性

有人问，既然世界有看不见的部分，但它是存在的，那我们看到的世界就是虚假的、不真实的，这个说法也不准确。因为它并不是真不真实的问题，而是这种感知方式，包括它的尺度、它的局限性，就让这个世界呈现成这个样子，它并不是不真实，而是在这个尺度下，它就是呈现成这个样子。

（1）被头脑抽象化的符号是不真实的

我们平时讨论的不真实，说的是另外一个层面的含义。比如说符号类的东西是人的大脑对于实物的一种抽象，"山"不管是图片还是"山"这个字，它相对于我们见到的很丰富、很具体的、真实的山来讲，它是抽象的。也可以说那个符号并不真实，因为它和以我们的感知方式呈现出来的山完全是不同性质的东西，我们管那个叫作"不真实"。我们通常所说的"不真实"指的是这个含义。

而现在用我们的全部感官去感知这个世界呈现出来的那个样子，其实不是不真实，而是它只是在这种感知方式之下的呈现而已。我们现在说的意识的含义已经不仅仅是局限于人类的意识或者人类的意识能力、意识功能这个范畴了，因为它涵盖的不只是人类。

（2）意识能力的运行是没有主体的客观存在

意识这个东西完全不是一种主观的东西，它是一种非常客观的东西（暂且用"客观"这个词），因为它是覆盖整个人类，甚至覆盖整个世界、整个宇宙的一个东西，所以它完全不是某种主观的东西，实际上运行的只有这种意识的能力或感知的方式，以及在这种感知方式之下产生的一些所谓的"意识的内容"。

存在的只有这种感知的方式、感知的能力以及可能相应会产生出来的一些意识内容，整个这个过程中是没有主体的。我们作为一个个看起来相对"独立"的生命个体，实际上并不是以一个个主体的方式存在着的，虽然我们好像觉得自己是一个个的主体，可以主动做些什么思考。但是，这些所谓的"主动做什么"或者"主动思考什么"，只是这个意识能力在运转，意识能力在意识内容的支配下的一种运转而已，始终或者从头到尾存在的只有一种非常客观的东西，没有主体。

那么我们以为的所谓"主动地想去做什么"是什么意思呢？只不过是脑子里或者这个所谓看起来相对独立的生命个体的意识里有一个想法："我要做什么或者去做什么"这样一个意识的内容，它依然是个客体，它在意识能力的这种所谓的"配合"下或基础上去实施了一个行为而已。就是整个从头到尾存在的只有客体，只有能力和内容，没有主体。

6. 生与死只是运行不同的秩序而已

有些朋友会问："那生命好像和其他的东西看起来就是不一样的呀，比如你活着的时候和死了那个样子就是不一样的。"没错，生命（这种狭义的生命个体）活着的时候可以说是某种具有活力的秩序在运行，而死了，身上没有活气了，就是另外一种秩序在运行，但它都属于大秩序当中的一部分，甚至它们两个之间也并不是完全分开的。

比如人死了，躯体就变成了蛆虫的食物，或者变成一些物质或能量跑到了空气里为其他的生物所用。只是看起来好像一个活的躯体和一个死的躯体上运行的是两种非常不同的秩序而已，一种是可以叫作有活力的秩序，而另外一个叫作死亡的秩序，但它依然是一种秩序，就是从头到尾运行的其实都是一种秩序。或者是在这个活着的生命体上运行的只是一个意识的内容，它是个非常客观的东西，通过这个还活着的生命体具有的某种意识的功能，或感知的能力去实施一些动作而已，从头到尾都不存在主体，我们以为自己是个主体，可能完完全全是一个错觉。

为什么用"可能"呢？因为这件事需要自己亲自体会到才行，只说没有用。存在的只有这种客观的意识运行方式或感知能力以及意识内容，而并不存在一个个所谓"意识的主体"。存在的只有意识能力和意识内容，是它们在运行，而不是有一个个的主体存在着。所以说，相对"独立"的生命个体，是以目前这种局限的、狭隘的认识世界或感知世界的方式产生的，让我们觉得好像一个一个的生命个体是分开的。但事实上，生命个体之间有若干我们见不到的联系、流通和流动在发生，"独立"的生命个体和它之外也有若干种交流或流动在发生，只不过用我们头脑的方式没有办法感知到而已。

我们自己的身体和所谓的"外界"（其实从来都没有所谓的"外界"）从来都没有真正分开过，从来都不是真正独立存在的，而是始终进行着某种密集到无法想象的交流、流通和流动。所以说，我们以为的这个生命个体真的不是一个底层的或根本的真相，而整个世界，包括所有狭义的生命在内的整个世界，它是一个整体，它是一个完全密不可分的，彼此之间有着非常紧密的联系和某种流动在发生的整体。只是我们头脑认识世界的方式可能占据了主导，就感觉不到或感知不到这种一体、这种流动的发生和存在。

7. 头脑认知世界的方式——比较、找不同、区分

这里提到头脑，它认知世界的一个最主要的方式就是：比较、找不同、区分，就像我们觉得皮肤是身体内外的"边界"一样，皮肤之内是自己的身体，皮肤之外就是外界，这就是一种通过某个尺度的比较发现的不同，然后根据不同界定了一个边界，其实这种找不同就是头脑在主导我们认识世界的一个方式。当然，在平常的生活中需要这样的一个识别，就像说吃饭，我吃饱了，不代表你能吃饱，它是有这样的一个相对独立的个体性存在的，这个是需要的。

但是所谓的"越位"，就是头脑把不同或者这种分开看得太过重要、太过真实，于是体会不到彼此之间的相通或者相同，形成所谓"思想内容"或"意识内容"，这些内容以不同、以区分、以差异为核心，就会产生了这种非常强烈的自我感或是个体感，人类的所有问题就都来了，包括一个人自己内心的所有的麻烦、冲突、痛苦。这种头脑主导的认知世界的方式，其实就很难或者就不再能够体会到遍及一切的、紧密相连的这种一体或交融了。

最后说明一点，关于意识这个问题不是要说服大家接受或者要证明什么，而是大家有没有可能直接体会到某种东西。当头脑认识世界的方式不占主导时，你是可以直接体会到你和所有的东西之间是没有距离的。当你不被头脑的认知方式所主导、所占据时，体会到的是没有距离，都不是近距离，而是和任何事物之间没有距离，这里不是说物理上的距离，而是没有距离感。哪怕那个东西从物理上离你十万八千里或者更远，不

管多远，你依然感觉没有距离，没有和它分开的感觉。

8. 物理时间

提到物理距离，我们先说一下物理时间。我们平时讨论的大部分是心理时间，今天说说物理时间。先说一句话，那就是"真实存在的，只有此刻这个瞬间"。这句话听起来像是一个结论，但是实际上并不是，不知道这一点大家能否感受到，或者起码能否理解。

真实存在的，只有此刻这个瞬间。过去的事情已经湮灭了，已经不存在了，顶多留下一些所谓"记忆"，留到现在就作为记忆的形式存在，但过去已经不复存在了。记忆的性质，其实和当时发生的一件事情、当时存在的那个东西、那个人，已经完全不是同一个性质了。就像一个"山"的字或者一个山的照片，和山本身完全不是一回事。记忆就是这样一种非常抽象的留存，它并不真实，作为一个实际上就是符号类的东西，它留存在了脑子里，就是过去的，已经不再真实，留下来的只是一个符号，留存到了现在，那个符号依然不是真实的东西或那件事情本身。所以过去的不真实，未来的显然还没有来，真实存在的只有此刻这个瞬间。

那么时间是怎么来的？包括物理时间，是怎么来的？比如时钟，现在大部分是用电子计时设备，但是早期，是根据太阳的运动或使用沙漏来计时的，无论哪种，太阳位置的移动或者是沙子的运动，其实都是运动。比如利用太阳运动计时，白天 12 个小时，就把半个圆周分成 12 等份，利用太阳照射的阴影，从这个地方走到那个地方，每一个一等分就是一个小时，那时间就来自两个位置的比对。即物理时间来自运动，而运动来自两个位置之间的比对，而比对又是什么呢？显然不是此刻，此刻这个瞬间是没有办法和任何东西比对的，只有此刻变成了过去的一刻，

它才留下一个位置，然后再和再前一刻的位置进行比较，有一段距离，我们说那是一个小时。

物理时间来自头脑对于过去发生事情的一种记录，比如说，记录的位置，以及这两个记录之间的比较。物理时间的产生是必要的，尽管必要，它也来自记忆当中的某种比对或者衡量，或者说它来自思想或者头脑的一种总结——对于过去发生的事情的一种总结。

也就是说，物理时间是离不开头脑的，是基于头脑对过去的记录以及某种抽象、比较的功能，甚至可以说，物理时间的产生，其实也是头脑的某种运作或者是某种功能才导致出来的。

因为唯一真实的只有此刻这个瞬间，它如果没有留下记录，也就没有什么东西可以比对，于是头脑也是没有办法识别的，也就没有时间长度、没有位置变化、没有移动的东西，头脑是没有办法识别的，它是不知道的。

关于"此时此刻是唯一真实的瞬间"，头脑是不知道的，它没有办法把握，也没有办法知道。它只能知道已经过去的、留下记录的，然后在它们之间进行某种抽象的比较，而唯一真实的此刻是头脑没有办法知道的。但是，并不意味着头脑无法知道的东西我们就没有办法以另外一种非头脑化的方式去感知到，但那是另外一个问题了。

物理时间是我们为了便捷生活总结出来的，对于过去发生的事情进行的某种抽象的总结，它依然是头脑的产物，但这是必要的，是我们生活所必需的，例如一年多少个月、多少天。

而此时此刻的瞬间它是没有时间的，它是一个点，没有时长，其实就不是我们通常所说的时间的含义了。换句话说，时间其实就是运动，不存在独立于运动而存在的时间。

9. 心理时间

那什么是心理时间呢？就是一个本来是作为工具存在的时间，它不再是工具了，开始变得很重要，开始变成了一个主导我们意识或主导我们行为的一个内容，让我们思前想后。心理记忆或者心理期待，就是分别代表了心理上的"过去"和心理上的"未来"的所谓的"心理时间"，当这个东西开始越位，不只是作为便利生活的工具而存在，那么它就会带来麻烦，就会带来痛苦，这就是心理时间。

10. 空间问题

再说一下关于空间的问题。当头脑主导的方式不运行时，是可以有一种没有距离的、其实也是没有时间的感知发生的，没有距离也就是没有时间，时间和距离从本质上来讲是同一个东西。因为物理时间都是来自位置的比对，就是位置之间的距离，当头脑这种比对方式或衡量方式不运行时，既没有距离感，也没有时间感了。

当然，那是头脑无法知道的东西、无法知道的状态，因为那时头脑没在活动，头脑的认识世界的方式——抽象的、比较的、衡量的方式没在运作，头脑并不知道没有时间和没有距离的东西是什么，或者没有时间、没有距离那个状态是什么，头脑是不知道的，它也永远没有办法知道。只能说当头脑的方式不运行时，是可以处在那样一种状态里的，或者可以叫作一种非头脑化的感知在运行。

那刚刚说到距离以及距离感，回到"空间"这个概念，其实有两个含义的，一个是 distance，就是距离，另外一个其实是 space，即空间，就是开阔的、广阔的空间含义。

关于距离再多说一句，其实整个世界或者整个宇宙它是一个密不可分的整体，从最深的层面上分不出彼此的一个整体，所以其实我们通常以为的物理距离，它也只是一个非常有限的维度下的认识。所谓的"距离"就是分开，比如我在北京，你在上海，好像是分开的，这就是距离，但是因为整个空间其实是连通的，它并不是两个隔绝分开的空间，它是连通的，连通意味着没有分开，没有分开的两个东西之间其实是没有距离的，哪怕用物理的方式来衡量，距离几千公里，仍然是连通的。

有好多朋友说，他觉得北京和上海是两个分开的空间，是两个相互独立的，甚至是孤立的空间。但是在我的感觉或者感知里，这两个地方根本就不是分开的，而是完全是连通的。换成任何两个物理上有距离的东西之间，其实完全一样，包括你和几万里或者多少光年之外的那颗星星之间，其实也是连通的，它并不是真正隔绝的、孤立的、分开的，而是连通的，而连通的东西之间没有真正的距离。

说一点关于我个人的事情，就是我可以感觉到可能不知道多远之外的人的某些状况，比如说身体的某些状况。有人问："你离得那么远怎么会知道？"其实这种感知可以完全超越所谓的"物理距离"，因为本来它们之间没有分开、没有距离，这种感知超越了距离或超越距离含义上的空间，因为本身就是没有分开，所以实际上是可以直接感知到的。

有时候我们说两个人之间有一种连接感，这种连接感不是一种所谓"一厢情愿"或者说"罗曼蒂克"的思念之类的连接，或者甚至是什么心灵感应，压根儿就不是这些东西。而是说，因为真的没有距离，所以它就是一种直接的连接感，它压根儿和感情、情绪化的东西完全没有任何关系，它就是一种非常直接的连接感。哪怕那个人在多少公里之外，或者就像刚才说到的，哪怕那座山离你很远，但实际上你依然和它之间是没有距离的，没有距离感的。

因为真实存在的只有此刻这个瞬间，所以从这个意义上讲，作为长度或有一定长度的时间，其实并不真的存在，这是关于时间的。当然我们需要总结出物理时间来便捷生活，这是毫无疑问的，完全毋庸置疑的。关于空间，整个世界甚至是整个宇宙，它就是一个完全联通、完全分不出彼此的一个大的、一体的空间，无论所谓的"物理距离"有多么遥远，它依然是连通的一个整体的空间。

11. 问答：如何在生活中活出真相？

问：刚才听 Sue 说了之后脑子被起了一场风暴，人都有点闷、有点晕，但是我就想问这样的一种状态怎样在日常生活中、工作中、平时生活的细节中表现出来呢？平时的生活总是处在大脑的工作状态，如何能够不被它牵着走，我们的"自我"肯定是在生活中用得最多的呀！怎么样能够活出我们讨论的那些实质性的东西？这个问题不知道能不能帮忙讲一下。

Sue：因为"怎么样做""怎么样去"，我们通常会管它叫作一个不太正确的问题，这是一件没有办法去教或者没有办法主动去做的事情。换一个角度来说，这件事情就是刚才我们讲到的可以叫作更广大范围里的一个权且可以叫作事实或者真相的东西，其实它是建立在（暂且用"建立在"这个词）对于我们平时的思想活动、自己的反应、自己所谓"自我"的各种活动有深入了解的基础上的。

我们有时会为了方便表达，使用"真相"这个词，暂且说两个东西的真相：一个是刚才提到的非常大的可以叫作事实性的、遍及性存在的事实或真相；另一个是我们最近旁的、最日常的一个最需要了解的真相或事实，那就是：平时"自我"是怎么活动的，平时的反应是怎么做出的，情绪是怎么产生的，各种念头是怎么飞来飞去的以及念头的实质、本质和性质是什么？而这其实是我们最迫切需要去了解的东西。

当我们看清楚了关于"自我"的全部真相，或者关于思想的全部真相，刚才说到的可能权且叫作更大范畴的真相其实同时呈现出来，它并不是两步。或者说，我们平时被局限的这个状态一旦被看清，于是它瓦解或者不复存在，那么更广大的东西自然地就会呈现出来，或者就会被感知到。

八、现实与非现实

2021-11-26

今天分享的主题叫"现实与非现实"。一开始想叫"事实与非事实"，但"现实"这个词里包含了一个所谓的"时间因素"，就是现在的事实或者此刻的事实，所以就把这个主题改成了"现实与非现实"，主要是说"此刻的事实"这个含义。但是，我们讲"事实"已经默认了在讲此刻的事实或者现在的事实这个含义。

1. 两类事实的含义

"事实"是什么含义？暂且可以有两类东西叫作"事实"。一类是物，比如眼睛看到的"手"，或者看到一朵花或看到一座山，这个叫作"物""物体"，这是相对来讲比较简单的一类事实。还有另外一类所谓的"事实"，而且是"此刻的事实"，是关于事情的。比如每个人可能都有痛苦，或者有某种情绪或感受，因为它就不像实物一样，我们管它叫作一件事儿，有了某种情绪、有了某种感受或者痛苦，把它放在事儿的范围里，是这样一类事实。

但即便是一件事儿，它里面还是有两种不同类型的——暂且用"类型"

这个词——有两种不同类型的事实，一个是瞬息万变、随时在变化着的事情（所谓的"世事无常"），比如情绪或感受，本身它可能瞬息万变，就是每一个瞬间都在发生着变化。就像有一句话说，"你不能两次踏入同一条河流"，你第二次踏入的河流和刚才踏入的已经不同了，河水不同了，这是一个在无常或者是在随时发生变化的意义上的某种事实。放在刚提到的例子中讲，因为情绪在变化，感受也在变化，包括我的痛苦和你的痛苦各个方面看起来都是不太一样的，比如我感觉剧烈一点，你感觉轻微一点。这类事实主要是在讲它随时变化以及各种不同，是世事无常这个意义上的一个事实。

另外一种可以叫作"事实"的东西，比如还用刚才的例子，情绪、痛苦或者是感受，就拿痛苦来说，痛苦本身虽然在每个时刻都是不同的，每个人痛苦的感受也不同，但是痛苦本身它是不是可以说是一个常存的事实，甚至可以说，自人类有史以来（"有史以来"的意思是说在有文字或语言，在大脑的抽象功能已经相当发达的时候有了记录和记载，那么就有了所谓的"历史"，有史可考，大概是这个意思），痛苦是不是可以说是常存的一个事实？

痛苦本身，我们不说具体的痛苦，而是说痛苦这个东西本身，从这

个意义上讲，是不是可以说痛苦本身它是一个甚至可以叫作"没有时间性的事实"，因为它一直存在。"一直"并不是延续性的意思，就是这个东西它一直是存在着的，同时它也是一个非常遍及的存在，你甚至可以说痛苦是覆盖了我们整个人类的一个存在。

这类所谓的"事实"是痛苦本身，包括痛苦产生的机制和过程。我们常说，这是一个机制性的事实，或者是一个根本的、底层的事实。

刚才说到第一种瞬息万变的、随时都在变化的那种痛苦或感受的事实的含义，和后面这种长存的、遍布的、甚至可以说没有时间性的，也包含了痛苦的产生过程或者产生机制，甚至包含了痛苦的性质和本质的这样一些非常根本性的事实(暂且叫作另外一些事实)是两类不同的事实：一个是瞬息万变的，另外一个是作为机制性、弥漫性存在的（暂且说它是没有时间性的）。后者也是现在普遍存在的一个事实，因为你也可以说现在整个人类普遍还是处在痛苦当中的，所以它不是某一个具体的感受，或者说，每一个具体的感受当中包含了痛苦这个根本性的事实。

2. 基于"物"的事实（词语并非它所指之物）

先从更简单的"物"讲起。"物"作为一个事实，存在于我们眼前，这更容易理解，你眼睛可以看到的、手可以摸到的，比如你的手可以摸到自己的手。接下来我们就说非常基础、非常重要的一点，我们眼前的手是一个实物，它是一个很具体、很生动、很丰富而且很立体的实物，我们管它叫作"事实"。

但是用来指代这只手的这个字，就是"手"这个字，它就不是这个手本身了，"手"作为一个词，一个抽象的符号，它和手这个事实或者实物本身，是不是有一种天差地别的不同？可以说手是事实，但"手"

这个字作为指代实物手的一个抽象的符号，它就不是事实。相对于真实的手而言，它就不是事实或者就不是此刻的事实。这一点不知道大家是不是已经非常清楚了。

抽象的符号，用来指代实物的这个词不是那个事实本身。换一个表达就是，那词语并非它所指的事物本身，就像"花"这个词不是"花"本身，它是一个可以叫作抽象的、符号化的、所谓的"非事实"。换个例子，比如你把写了"手"这个字的纸撕碎，但是你的手并没有受伤，"手"这个词以及它的载体（纸），或者你用其他的方式把这个符号呈现出来，它和实物本身是有天差地别的不同，这点说起来好像非常地清楚，也很容易理解。简而言之，抽象的符号、词语，包括文字，它并不是所指代的实物本身。

包括刚才说到了另外一类所谓的"事实"，感受类的或情绪类的，因为它是看不见、摸不到、无形的东西，所以我们把它叫作"事情"，那类也是一样的，比如"痛苦"这个词并不是痛苦感受本身。

好，回来接着说这个问题，"一个词不是那个实物本身"，作为一个事实真的看到了吗？不要说这个事实是那么显而易见的，除非我们真的看清了"词语并不是实物本身"这个事实，即：词语只是用来指代实物本身的一个抽象的符号，只是一个工具，用来沟通、表达和交流的一个工具，它只有这样的一个用途而已。

如果真的看清了这个事实，那意味着什么呢？

先举一个例子。前两天我走在一条铺满了落叶的小路上，随手就拍了张照片，发了个朋友圈说："踩上落叶就咯吱咯吱响"。就有一个朋友在底下评论说："每到这个时候就觉得很惆怅。"我就问她："你是伤春悲秋吗？觉得秋天萧瑟吗？"她回复了一句说："主要是被踩的感觉特别不好，被踩的感觉很难受。"我突然明白过来了，因为踩的是叶子，咯吱咯吱响的也是叶子,而我这个朋友姓叶,她觉得被踩很难受。

大家有没有发现这个过程中发生了什么事情,因为她不是叶子,只是姓"叶"而已,但是她的姓有"叶"这个字,就和叶子联系到了一起。在这个过程当中是不是发生了某种混淆或者是认同、等同,就是通过一个字或者一个抽象的符号,把某种虚、实的东西混了起来,就发生了某种混淆。一个"叶"字作为中间的联系,甚至是联想的因素,她就把自己带入到了是自己被踩在脚下的感受。这个过程中是不是意味着里面有某种等同?这种代入就包含了某种实际上是混淆的过程。虽然她可能对于我们讨论的内容并不熟悉、并不了解,但是,是不是类似的情况在我们自己身上也发生着?

刚才那个例子,比如叶子秋天落下来,你可以说"叶落归根"或者"零落成泥碾作尘",它作为大地的养分,就像东北的黑土地一样,里面有非常丰富的腐殖质,其中有一部分成分就是大量的落叶堆积、腐烂后转化成了泥土的肥料。这本来是一个非常自然的过程,落叶被碾成尘土或者粉末回到大地里,是非常自然的。但怎么就把自己的这种感受或情感带入到里边去了呢?包括比如黛玉葬花,她觉得花落掉是很伤感的一件事情。所谓的"伤春悲秋"这种情绪发生时,是不是进行了一个类似叫"同化"或"等同"的过程?

换一个更容易理解的例子,就是当有人骂我们或攻击我们的自我形象时,我们的反应或者激起的情绪是不是也是类似的过程,里边是不是存在着一种所谓"虚"和"实"的混淆?比如说,攻击的是我们所谓的"自我"或者"自我形象",一个很光鲜亮丽的形象好像被伤害了,但形象的性质是什么呢?它是不是刚才我们说到的和指代一个实物的字(比如"手")是同样性质的一个东西呢?脑子里或心里的形象,或者管它叫作"意象",是不是也是同样性质的一个抽象的符号?

如果我们真的看清楚了什么是事实,什么是可以叫作真实的,而另外一个东西是抽象的，它并不真实，它只是作为一个工具，一个指代用词而存在，那么我们在被骂到的时候，或者所谓的某个形象受到攻击时，还会有受伤感吗？因为它们的性质是完全相同的，"手"这个字、"山"这个字、"花"这个字和脑子里装的形象，不就是同样性质的东西吗？就是一个抽象的、符号化的东西（先不说它是虚幻的），一个像字一样的东西好像受到了某种攻击（或者把它解读为某种攻击），就像自己的身体安全受到了威胁一样，会起反应、会生气、会愤怒，甚至会反击。这个过程之所以会发生，是不是意味着我们其实并没有真的看清符号只是符号，它和实物或真实的东西是完全不同的两个性质，我们在这个地方是不是存在着某种幻想？

换句话说，我们是不是把抽象的、本来只是作为交流工具的东西赋予了某种真实性、重要性，这就意味着存在"真、假"或"虚、实"的混淆。脑子里存在的所有东西都是同样性质的，和字、词这种抽象的符号没有任何本质的区别，顶多是抽象的符号会进行某种组合，形成更长的一个句子或一个逻辑的链条。它作为存储于脑子里的思想也好、记忆也好、画面也好，其实和作为抽象符号的词本质上没有任何的区别，不知道这一点大家能不能明白。

3. "看清事实"与说出"一句结论"有天壤之别

当我们因为同样是抽象符号的东西起反应，把它当真、把它看重时，可以说，"字词、文字、词语并不是它指代的那个东西本身"这个事实我们并没有真的看到。或者说，当我们还因为同样是抽象符号的那些内容起反应时，就不能简简单单地说"字词并非它所指之物"，因为那个事实我们并没有真的看清，没有真的看清就这么说，意味着我们已经脱离了事实，或者是我们说的那句话是在一个非事实的范畴里。

换言之，那就只是一句话而已，它最多是一个认识或者一个结论，那并不是我们直接地或者深刻地看到的事实。所以说，尤其是在我们探索或者讨论时，这一点真的需要非常地警觉，对于自己说的话需要负责。

如果只是随口说一句："字词并非它所描述之物，字词只是指代工具、符号而已"，但这句话所指向的事实我们并没有真的看清楚、没有切身地或深刻地体会，这句话就不能随便说。不是不让大家说话，而是说当不知道自己说的是什么的时候，说的东西自己没有亲自看到，就是不能对自己说的话负责。因为说一句结论、说一句正确的认识，其实没有任何意义，如果非要说它有什么意义，那就是完全遮蔽了我们对那个事实再重新了解，它的意义就是遮蔽。

所以，指代一个事实或一个事物的词，和那个东西本身究竟是什么关系，真的需要我们重新去审视一下。如果我们真的看清了，那些所谓抽象的符号，除了它的工具地位之外，就不再具有任何额外的价值或者是意义……无论是"我"、还是"我的形象"、还是"我的观点"，只要它们还被赋予额外的价值或意义，被看得很重要或者很真实，那就意味着我们依然还存在这种"虚与实"或者"真与假"的混淆，没有看清这个事实。

回到今天的主题下来讲，事实是字词并非它所指之物，字词只是抽象的符号和指代的工具。当我们看清了这一点，可以说这句话说的是事实；当我们没看清时，从我们嘴里说出来，这句话就是一个非事实，就是一个脱离事实的话。无论它和对事实的描述有多么吻合，依然是脱离事实的一个表达，因为我们并没有看清那个事实，这就是一个所谓"事实与非事实"或者"现实与非现实"的情况或例子。类似的例子有很多，比如，读克的朋友可能经常会说的一句话，就是"思想者只是思想而已""思考者和思想之间实际上是没有分别的"。

（1）看清自我，还能回退吗？

有朋友问："看清了'自我'的真相或者看清了真相，还会回退吗？或者说看清了'自我'的真相，'自我'会不会还在？甚至是看清的真理、真相有没有可能被'自我'所用？"

先说说什么叫看清了"自我"的真相？换一个词表达"自我"就是思考者、经验者或者是其他什么者（具体为什么是这样先不说，因为那是一个 long story，就是要讨论很久的问题）。但是，我们先说这样一个事实性、真相性的东西，就是思考者（也就是"自我"）只是思想而已，它只是脑子里一个被不恰当地赋予了真实性和重要性的概念或者是一个意象而已，只是一个抽象的符号而已。它并不是我们通常以为的精神实体或意识的主体、意识个体，并不是一个独立的与其他的所谓的"我"分开的精神实体，或者是意识主体、意识个体，它只是思想当中的一个内容，只是一个被错误地赋予了真实性和重要性的概念和符号而已。

当真正看清楚了所谓的"事实或者真相"时，意味着什么？就是"自我"一下子失去了它的个体性、独立性和真实性，它只是思想当中的一个内容而已，或者说，平时把它视为意识主体、意识个体或精神实体完全是一个幻觉。

当我们看清楚了一个东西是幻觉时，是不是就意味着它消失了？你不会再带着这个幻觉生活了。反过来说，如果还在带着幻觉生活（带着意识主体、意识个体，或者与别人分开的个体感、自我感在生活），那就意味着并没有看清楚它是个幻觉。简而言之，看清楚幻觉和幻觉消失是同时发生的，如果幻觉还在我们身上运作或发挥作用，那就是还没有看清它是幻觉。

换另外一个例子，比如当我们保持着"自我"这个幻觉在生活，它时时刻刻就在伤害自己的身体、健康以及彼此的关系，作为一个破坏性的因素，破坏着我们的生命，甚至破坏着一切可以叫作真实或健康的东西，它就是一个毒素。如果看清了"自我"的实质以及作用就是毒药，我们还会再继续喝下它吗？你一个人作为生命，如果看清楚了是毒药，出于对自己的健康负责就不会再喝下它了。显而易见，当还在继续喝下去，就是没有看清楚它是毒药。

所以，无论是看清楚"自我"是幻觉，还是看清楚"自我"是毒药，绝对不会退转，不会再继续抱着幻觉或继续喝着毒药生活。

核心问题只有一个，即：是否真的看清楚了"思考者是思想"，如果没有看清而说了这句话，实际上就是在骗自己，甚至可以说是自欺欺人，于是就陷入非事实、非现实的领域里去了。当我们已经有了一个说法，就没有再重新去接触或者去探索那个事实本身是什么了。

无论听起来特别简单的事实，比如"字词并非它所指之物，它只是一个抽象的符号，用来指代的工具而已"，还是"思考者或者自我的本质是什么"这样一个很根本、非常核心的问题，除非我们真的看清楚了事实，否则不能轻易说出某个结论。同时，只要看清楚任何一个事实，无论它多么简单，都会带来巨大的冲击力，事实的呈现意味着它会把所有不真实的、虚幻的东西全部瓦解掉，那才是对于事实的看到、触摸和体会，这种直接的巨大作用会瓦解掉一切不真实的东西。

在我们所有的错觉或者幻觉被瓦解之前，没有办法说看到了什么事实，可能什么都没有看到。回到刚才提出来的那个问题（"你看清了自我的真相，还会退转吗？"），只能说这个问题是在没有看清的情况下才会问出来，真的看清楚了就不会问出这个问题。而没有看清就问"看清了自我会怎样？"其实就是一个假设性的问题或者一个脱离现实的问题，而这就是我们经常掉进去的陷阱，或者这就是绝大部分的能量被浪费的地方，脱离现实或者脱离真实的思考，已经不能叫作探索了，而是纯粹在浪费时间和精力。

我们经常会陷入脱离现实的思考，而误以为是"探索"，实际上并不是，只有摸着真实的东西，一点一点儿摸，那才叫探索。在脱离现实的领域里的活动，最多称作"思考"或"分析"。后面会说一下为什么我们脱离现实的惯性这么强大，比如，我们今天的主题中一部分问题来源于前几次分享后大家提出来的问题，这些都是脱离自身现实的问题，无论问的是假设性的问题，还是在问别人身上的情况，可以说都是对于现实的一种脱离。

之所以会发生这种脱离，有一个最主要的原因就是我们对于这种脱离意识不到，不仅意识不到这种脱离的发生，也意识不到这种脱离它带来的后果和影响。这种习惯性的脱离，看看还有什么例子可以用来再说明一下，这个事实与非事实或者现实与非现实的这种关系有没有其他的例子？

（2）看清"世事无常"，便无执念

想到一个例子，比如我们经常说一句话叫"世事无常"。这句话说出来好像是真理，每个人都认同，的确没有不变的东西，一切都在变化，变化才是永恒。但当我们说"世事无常"的时候，真的是在说一个直接看到或有切身体会的事实吗？如果看到或体会到，那就是世事无常，变化才是永恒不变的，所有的事情一直在变，没有恒常的东西。比如现在我很开心的，下一刻我可能就不开心了，这种所谓的"状态"瞬息万变，可能现在我活着，下一刻我就死了，这些具体的事情随时都在发生变化，这一点或这么简单的东西我们真的看到了吗？

如果（只能说"如果"）我们真的看清楚了"事实无常"，那意味着什么呢？那就意味着我们不会再有任何的所谓"执念"，就不会一定要期待事情"应该怎样"，怎样是好的，怎样是对的，对于所有事情不切实际的或者异于现实的期待都会消失；如果我们真的深切地看到了、体到了世事无常这个事实或真相，那其实足以瓦解或者足以消灭所有的妄想、所有的"希望事情应该怎样"（事情现在不是这样子，我就非得希望是别的样子）；如果真的看清，所有的期待或所有对于过去的不甘都会消失，所有的执着都会消失。

"世事无常"就意味着所有的"常"，所有你期待它继续、期待它永存、期待它延续的这种想法都是幻想，都是不切实际的，都可以被称为"幻想"。真的看清楚了"世事无常"，它足以瓦解所有幻想，这就是事实的力量，对于事实直接地、真正地看到的力量，真实的东西可以瞬间瓦解所有虚假的东西。

所以，我们真的看清楚了"世事无常"了吗？还是只是知道了另外一个道理、一个结论、一个说法或者一个貌似与事实高度相符的认识而已？如果我们依然没有直接看到这个事实或者没有直接触摸到这个事实，那只能说我们的头脑又再次得逞了，用一个高仿的结论、认识覆盖了事实。

对于事实与非事实或者现实与非现实，有一些非现实的东西很明显就能知道，比如现在事情是"A"的样子，我希望它是"负A"，"负A"就是我的希望或期待，它就不是现实，是脱离现实的（即便如此，我们也未必真的明白它是脱离现实的，那也是另说的）。而刚才（"世事无常"的例子）主要说的是另外一种情况，我们好像有了符合事实的认识，但认识并非我们直接的看到，它依然是属于非事实或者非现实的范畴。

（3）生活在虚幻中就是在伤害生命

比如"事实无常""字词并非它所指之物""思考者就是思想"等等，当这些事实对于我们来讲不是那种振聋发聩的、具有强烈的冲击力的、真实的东西的时候，那么那句话依然是一个非事实，依然是在事实之外的范畴，是在脑子里的范畴，它依然不是事实。它是一个假冒伪劣的、高仿的、和事实看起来很像的表达而已，而只要我们没有活在事实里，就没有活在真正的现实里，就意味着活在了幻觉里。最常用的一个例子就是"海市蜃楼"，我们以为它是真，所以奔去找水喝，唯一的结果就只会渴死在路上。虽然这个例子有些严重，但是只要我们没有活在真实里，活在各种说法、各种认识里，和被海市蜃楼的愿景牵引着、控制着生活没有什么区别，在并非真实东西的指引或牵引之下，我们其实就是在不停地、时时刻刻地浪费能量，在消耗生命力。

很具体、很直观的例子有很多。比如我们经常说，"你骂了我一句，我就生气了"。事实上，你只是对我保持的自我形象说了一点话，而我觉得那是一种对于很重要的东西的攻击，所以就生气了，即使轻微地生气也是伤身的，更不用说被气得心脏病犯了。毫无疑问，当我把一个并不真实、也并不重要的东西当成真实和重要的东西去维护、去保护、去反应时，实实在在地就是在伤害自己的身体、生命，更不用说其他的一些情况了。

这只是一个非常常见、典型的例子，类似的情况可能在我们身上时时刻刻都发生着。当我们维护、保护一个并不真实的东西或并不值得维护和保护的东西，因为这种下意识的维护导致我们做出反应，很可能（只能说很可能，因为这个事情需要自己时时刻刻去看或去发现才行、才算数）每次因为这种不真实的东西起了反应，那我们每时每刻每次都是在伤害自己的身体和生命。感觉身体的所有能量或者生命力就像一个气球或者是一个容器（暂且这么比方），每一次的反应都像在上面捅了一刀，导致它在往外漏气、漏水或者漏生命力。我们因为并不真实的东西而产生反应，就是在漏掉生命力或能量，就是在伤害自己（这里的自己指的是身体或者生命，而不是心理上的"自我"）。这个过程不是在伤害"自我"，是在加强"自我"，换个角度说，这个越位的思想或者"自我"，就是一直在用伤害身体和伤害生命的代价在加强它自己，在壮大它自己，所以为什么说它本质其实是破坏性的、是邪恶的，就是这个意思。

4. 为什么总是关心别人身上发生的事情？

我们先回顾一下刚才说的内容。

刚才已经说到一个最核心的意思，就是"脱离自身的现实"。比如跑到了一些并非是自身的现实，并非亲自看到的事实，而只是一些结论或者是一些所谓的"理性认识"，然后在这个基础上继续思考或推导，比如说"世事无常，然后怎样怎样……""虽然世事无常，但我还是要有所期待或有所追求，或者是去实现自己的欲望、抱负，怎样怎样……""因为思考者就是思想，所以怎样怎样……"，这些所有并非我们亲见的事实，并非在亲见的事实的基础上进一步进行的活动，其实都是脱离事实或者脱离现实的活动。

一旦跑到了头脑的范畴，叫"分析"也好，叫"思考"也好，其实都是脱离真实的，只要进行这样的活动，无论是思考还是这些思考引发的行动，都是在浪费或者消耗我们的生命力。比如这几次分享大家提出来的很多问题，其实就是这个性质的，不是从自己的现实出发的，所有理论性质的问题或者思想性质的问题，首先是浪费自己的时间，也是浪费彼此的时间，或者浪费彼此的能量甚至生命力。

接下来，我们说一下另外一种也可以叫作脱离现实的情况，大家可能会经常问到的或者是会经常去思考的一个问题，也是常有的一个现象。大家比较关心的一件事情，比如说别人（别人有可能是"克"、可能是Sue 或者是任何人）是怎样的一个状态，这个问题一问出来，是否意味着已经相当明显地脱离自身的现实了？

"谁、谁、谁是怎样的状态？"为什么要问出这样的问题？这个问题是怎么被提出来的或者这个问题本身里边隐含着什么？大家是否从来没有看清楚过这个问题的真相，因为这么明显的一个脱离现实的问题还在反复地被问出或者反复地在我们脑子里存在，这是明显地在浪费时间、精力和能量的一个问题。这个问题反复地出现，反复地耗费自己的精力给它，这是为什么呢？对于这个问题本身，我们其实并没有把它看清楚，比如说这个问题是从哪里来的或者它隐含着什么，它的真相是什么？

当我们"关心"别人状态的时候（"关心"是打引号的，并不是真正的关心，只是一种好奇），这种所谓的"关心"或"好奇"是从哪里发出来的？可能有几种情况：其中之一是比如随口谈论别人、评论别人、评价别人，甚至是猜测别人，比面对我们真实的自己要容易和轻松很多。当面对自身的很多问题时，比如麻烦、痛苦、空虚是很难的一件事情，而去关注别人，就像关注明星的八卦（虽然这个人不是明星，但是差不多），说说闲话、八卦，就可以打发无聊或者暂时不用去面对非常不堪的自己了。我们可能都有一个体会，面对自己真的很难，或者说，我们不想看到或

不想面对的那个"自己"，也就是说，我们把关注别人当成了逃避面对自己的一种渠道（不知道是不是存在这样的情况，我只是想到什么说什么）。

　　说到了解"自我"或了解"自己"，有什么比自己的现实是更一手的材料呢？明明一手的材料在自己这里，为什么要去讨论别人呢？大家是否真的对于自己的能量、精力、时间和生命力完全不在乎，可以随便浪费掉，去东一棒子、西一棒子闲扯点这个，闲扯点那个，浪费掉算了，真的无所谓吗？对于自己的生命，自己的能量流去哪里，耗在哪里完全无所谓吗？所以，就是不来看看最现实或者最近的、自己身上发生着的事情，是否真的一点都不关心自己（不能说一点不关心，是不怎么关心自己，不怎么关心自己身上发生的事情），甚至对于自己身上发生的事情可能也没什么兴趣，或者唯一的兴趣可能就是能不能满足自己的某些愿望或者是欲望，让自己开心一点。对，说说别人的八卦可能也比较开心，带来某种满足感，有可能，不知道这是不是其中的一个原因，或者让自己感觉很好，对其他的人评头论足或者指指点点，可以让自己感觉更好。

　　对自己不关心，其实是说对自己的生命，对自己真正的健康（包括身体）不关心，而只是关心"自我"的某种需要能不能得到满足。之前已经说到，"自我"需求的满足和身体、生命的健康真的是背道而驰的，它就是在以伤害或消耗身体、生命的健康为代价在壮大自己、满足自己的。所以，大家是否真的是弃自己的生命和健康于不顾？关注别人真的是非常明显地在浪费时间、浪费精力、浪费生命，为什么还要去做它呢？为什么不把精力投到自己身上，关注发生在自己身上的事情呢？因为每个人首先需要对自己负起责任来。

5. 真正了解自我之前，不可能了解别人

这里会涉及另外一个问题：我们在真正了解自己或者"自我"之前，有可能真正了解另外一个人吗？无论和那个人多么亲近，无论所谓外在的信息或者关于他的事实知道多少，当我们并不真的了解自己或者并不真的了解"自我"的时候，能真正懂得另外一个人吗？

只要我们不了解自己或者没有看清楚"自我"意味着什么，意味着我们就是被"自我"所困的。所谓的"自我"或它的内容就是意识内容或者意象，更具体一点说，就是各种观点、各种经验、各种记忆，到处得来的各种认识，甚至各种权威的标准参照，就是这些东西。因为我们并没有真的了解清楚它们，于是它们便继续控制着我们，塑造着我们的感受，塑造着我们的各种所谓的"观察"。由于那些东西没有被看清，所以它们必定是存在的，在它们层层包裹之下，我们有可能看得清楚任何东西吗？真的有可能了解或者感知到另外一个人吗？只有当那些东西统统不在时，才可能有直接的感知，才可能与另外一个人或者所有的人、事、物有直接的连接，直接的触摸。在此之前我们的感知、感受都是被头脑里海量的东西所塑造的，怎么可能感知得到真实呢？

所以我们的首要工作还是需要了解清楚自己身上那些束缚、那些局限、那些塑造自己的东西，除非我们可以负责任地说，这些东西在我身上都没了，都已经不再起作用了，这时也许感知到的是某些真实的东西，和事实有某种直接的连接，否则我们感知到的一切都是扭曲的，都是被层层屏障过的或者加了无数层有色眼镜的。

当我们问出这些脱离现实的问题，有一个非常主要、也非常深层的原因，就是我们对于这种脱离实际上是不敏感的，是发现不了的，我们不知道自己在脱离真实，跑到了一个并不真实的、抽象的或者虚幻的世界里活动，于是消耗掉了大量的生命力和能量，我们并不知道或者没有敏感地发现。当我们关注其他人的状态时，这种好奇里还包含着怎样的一些事实或者是真相，还有没有其他的原因？如果有，请大家待会儿来补充。

6. 完全不介意任何非现实的东西

确实有很多朋友比较关心 Sue 的状态或者她的一些情况，我简单地说一点大家提到的方面，比如有朋友问，分享之后，有些朋友会提出所谓的"质疑"，甚至有一些不太友好的语言，我会不会起情绪？有些朋友说会担心或者会心疼，我回复说完全不必，因为真的没有丝毫的波动。

为什么呢？因为那些并非事实的或者是脱离现实的东西，其实没有任何的重要性和真实性，我不会给它们任何的权重。换句话说，你不介意任何的说法和看法，你也不介意已经发生的事情，你也不对将要发生的事情或还没有发生的事情抱有任何的期待，你也不想改变任何人、你也不想影响任何人、你也不想改变任何人的看法，总之，你不介意、完全不介意，就不会有任何的心理上的反应或者波动，就是这么简单。

或者说，对于所有任何非事实或非现实的东西，就是完全不在乎，根本就没有在乎这个东西，因为在乎就已经是脱离事实的一个东西了，介意、在乎就已经是脱离事实或者脱离现实了，"不介意任何东西""没有介意"和"没有任何介意"其实是同一个意思。

7. 不被虚幻牵引，身体才会真正健康

有朋友问："在某种状态下，身体因为会变得非常敏感，反而身体状况越来越差？"对于身体方面，我也简单地说一下自己的情况，这几年我的身体不是越来越差，而是越来越好。我从小就有一些胃病（几乎是遗传下来的），但这几年几乎再也没有犯过，没有去过医院，几乎没有生过病，也没有吃过药。之前容易手脚冰凉，后来也没有了，当然一部分原因是锻炼或运动，包括跑步、瑜伽、打拳和站桩，会做各种运动，但其实不单单是运动的结果。你之所以会去做各种运动，实际上首先是因为对身体敏感或者对身体负责了，它需要什么运动，你就会去做什么运动。运动的增加实际上是在身体的敏感性增加的基础上自然会去做的一些事情。

而最根本的，让健康不知不觉好转或者增强的最最最关键的原因是我们一直在说的，当你看清楚了很真实的东西，于是不再被虚幻的东西引发反应，意味着脑子里那些不健康的脑回路（比如刚才说的那种"你骂了我一句，我就生气了、我就反应了"）已经消失，形成了新的回路。当看清楚了很多真实的东西，那些由虚假的东西引发的回路就会被切断，它就不会再以一种不健康的方式运行了，而是一种健康的或者可以叫作身体自身智慧的回路自动地、自然地、慢慢地建立起来，而这才是让你身体变得健康的最根本的因素。

在这个基础之上，你自然因为身体的敏感，或者因为对身体或者对自己生命的负责去做运动，会调整饮食，会注意各方面的生活起居，它是一个整体。但是最根本的原因是以前损害健康的回路已经被切断，或者被极大地削弱之后，也慢慢地消散，建立的是一种健康的生活方式或者健康的脑回路（暂且这么简单地来概括一下），身体会更加的敏感。就像偶尔我不小心吃了一点儿动物油或者有些不太干净的东西，它就会在身体上表现出来，不是代谢变差了，而是说它真的会表现出来，之前可能是因为身体不敏感而被压下去或者被累积在某个地方了，但现在它不会这样子，它会直接反映出来，告诉自己哪些东西实际上是身体不需要的、不健康的，注意不要吃。

下面把文字发言的按钮打开，大家可以文字来提问，我们选三个问题来回应。

8. 问答

（1）学克多久可以开悟？

一位同学问了三个问题，前两个问题比较类似，问："学'克'是不是比其他体系更容易开悟解脱呢？学'克'很久了，还没有开悟、自由、解脱，是不是从一开始方向就错了呢？"

很多问题问出来，我们可以先看看这个问题本身。大家的探索，不管是学"克"还是学什么，是为了开悟、为了解脱吗？简单地说，只要抱着开悟或者解脱的目的和动机，学啥都没有用。换句话说，就是解脱的愿望让解脱成为不可能。因为这个动机从一开始就局限了、限制了所有的探索都不可能是真正的探索。在目的和动机驱动下的探索，只是头脑范畴里的活动而已，只是在那个圈里打转，几乎就没有了触摸到真实的可能，因为动机就设定了方向，整个都是头脑或思想所主导、所指引的一些活动，它根本就没有开始探索，所以根本就不可能触摸到真实的东西。

所以说，对于"自我"或者说自己内心的活动和反应，真的需要有一种非常单纯的兴趣，这是一种热情、一种单纯的好奇心，不是猎奇，只是单纯的好奇心，要搞清楚它究竟是怎么回事，这样一种非常单纯的兴趣才有可能发现一些真实的东西。否则都是本质上是虚幻或非常局限的东西（也就是动机、目的）所塑造的行为，和探索、接触真实完全没有关系，所以根本就接触不到真实。

（2）可以同时对"开悟"和"了解自我"都好奇吗？

另外一位朋友问了一个相关的问题："如果一个人对开悟和对了解自己都好奇呢？"

其实这两个是不能并存的，你对了解自己有真诚的兴趣就没法对开悟感兴趣。因为所谓的"开悟"或者"解脱"是我们并不处在的一个状态，也就是一个非现实的状态，对于非现实的状态的探索或思考，就已经脱离现实了。它和你实实在在地对于自己身上发生的事情感兴趣或好奇，那完全不在同一个领域，所以这两个东西是没有办法并存的。要是对"开悟"有兴趣、有好奇，又对了解自己有好奇，那只能说对于了解自己的兴趣或者好奇心也是假的。

再补充一下，有人说没有人对"开悟"不好奇。可能真有人不好奇。或者说，当一个人发现那是对于并非自身现实的状态的一种好奇或关注，是对自己时间、精力、能量甚至身体健康的一种消耗，于是停止了这种做法或者这种好奇，然后从自身的现实开始，真真正正地、诚实地从自身的现实开始，而不是说为了达到什么目的。通过了解自我要开悟或者我要解脱，其实是换汤不换药，没什么变化。所以说，我们需要的是一种真诚的兴趣或者是单纯的兴趣，才有可能真正开始探索。即使目前对于了解自己并不是单纯的兴趣，但是对其中含有的杂质有某种敏感，因为敏感地发现后对它有了解，于是它可能在了解之下消失，那么这个时候就会出现真正的单纯的兴趣，或者是真正的探索才有可能开始。

（3）可以抱有动机探索吗？

有同学说："佛陀一开始苦修时也是抱着强烈动机的。"

首先，佛陀什么样，我们并不知道，就像哪怕现在一个活着的人怎样，你也不知道他实际上是怎样的。但是我们自己的现实情况就是很多朋友开始了解自己或者开始探索，是从想要解决自己的痛苦开始的，这个完全可以理解，也无可厚非，这也是绝大部分的情况。

但是，如果解决痛苦的动机一直占据主导，一直对于自己身上发生的包括痛苦或者其他的事情，没有一个很单纯、很真诚的兴趣，探索就走不了多远，或者真正的探索就没有办法开始，因为动机会一直塑造探索行为，使得它一直被困在头脑那个范围里出不来，于是就没有办法去接触真实。

动机是一个非常局限的因素，但直接不要动机是做不到的，对于动机是需要去了解的：它意味着什么？它的本质是什么？它会带来什么？这个动机本身是需要亲自去把它看清楚的，也许在看清楚它的时候，它就不复存在了。但是有动机，无论如何它都会产生一个极大的局限作用，让我们没有办法真正开始探索。

（4）什么是真正的质疑？

有一位同学问："如何向内单纯探索，而不是用思考的？"

这个问题和刚才那个"动机"问题其实很像，这不是一个如何的问题，不是一个如何做到的问题，我们可能也没法让自己不思考，勒令自己不思考也是头脑的另外一个诉求或命令。

思考也并不是完全一无是处的，比如自我探索中非常必要的一项品质是质疑，对自身动机的质疑、对自身提出的那些问题的质疑，这种质疑就是一种特殊的、特定的思考。为什么说它特殊或不同于通常的思考呢？因为它是带着疑问的，但这个疑问不是通向某个答案的，而只是提出问题。

对于自己的反应、自己提出的问题或者自己的想法，我们去质疑它们，这个质疑是什么含义呢？就是问问它们究竟是怎么回事儿，这时也许会用到思考，但不是以结论为导向的，不是以答案为导向的，而是由它带来的对于"事实是怎样的"一种有可能的触摸或接触，这是一个开放的、疑问式的思考，而不是"因为……所以……"（前面有一个认识或结论，在这个结论之上推导下一步）。不是那种思考，而是一个开放的，它只会引向事实，而不是引向结论的这样一个思考，我们暂且可以管它叫作"质疑"。

还有一种情况，对于我们现在相信的或者是接受的东西不再相信、不再接受，而是看看事情究竟是怎样的。那么在这个过程当中，不知道是不是就可以开始一种对于"事情究竟是怎样"的一种触摸或者探索。例如，我们也许在进行各种思考，就像刚才说的"世事无常，所以我要怎样怎样"，这是一个思考，对于这个思考的内容有没有可能质疑一下，比如"世事无常，真的是这样吗？这个事情我真的看清楚了吗？"有一种不再直接接受和相信自己脑子里的所有内容的这么一种暂且叫作"品质或精神"，就是对于自己脑子里冒出来的所有东西，不再理所应当地以为就是这样子，有没有可能来看看，是这样子吗？究竟是怎样的？世事真的是无常的吗？世事无常，它这个里面所包含的事情或者事实我真的看清楚了吗？我真的体会到了吗？因为我们脑子里真的有太多陈述性

的东西了，每一个陈述性的东西可能都要反过来"质疑"一下或者问一下究竟是怎样的，是这样的吗？我不知道是不是从这里就开始了某种所谓"探索"，这个问题可能也一部分回应到了。

（5）观察和思考的边界

有同学问："观察和思考的边界在哪里？"

这不是一个可以划定明确边界的问题，观察和思考确实有着截然不同的品质，但是没法划定边界，因为它们的不同是没法用头脑的方式去界定的，虽然它们有天差地别的不同，我们用个例子来说明一下这个问题。

你看到一朵花，你观察它是用你所有的感官在接触它，是一种触摸，其实观察是一种触摸，包括倾听也一样，它只不过是好像用到的感官或借用的感官不一样，一个用眼睛，另外一个用耳朵。但实际上都是用所有的感官在触摸真实的东西，你用眼睛在触摸它的色彩，你用鼻子在触摸它的香气，你用手在触摸它花瓣的质地，你甚至有时候会听到（如果碰巧的话）花瓣"啪嗒"打开的声音，你是用整个的心去触摸那朵花。它是一种感知，头脑在其中只是一个辅助的（也不叫辅助），头脑只是所有感官中的一个有机组成部分，它并不额外突出，它也在工作，只是司它的职，司它恰当的位置而不越位，你的所有感官包括头脑在内都是在直接触摸或者直接感知那朵花，这个叫作"观察"。

思考其实就很简单了，你开始琢磨，脑子里想："这是什么花？"就是开始想了，脑子里那些抽象的，和"山"这个词是同样性质的一堆符号就开始拼接，连成一句话或连成很多句话，就开始了一个抽象的思维活动过程，那是思考。你用全身心去触摸那朵花，和思考那朵花，它就是完全不同的味道。

对于我们内心的事实，比如刚才说到的痛苦，包括我们身上此时正在发生的痛苦,或者是所有的、具体的痛苦里面包含的痛苦本身这个东西，以及它所谓的"机制"、引发的机制、它的味道，那种触摸或者感知和你全身心去拥抱那朵花的感觉是一样的。你是在触摸那种痛苦，你在触摸痛苦产生的过程、产生的机制，以及触摸痛苦的产生机制当中隐含的各种要素，比如我们有意象、有期待、有心理记忆这些东西，你触摸它的本质、实质、性质是什么。所以观察、倾听、感知有一种触摸，你直接摸着那个东西，体会、感受着那个东西，它是那样的一种味道和感觉，而思考就是完全另外一种味道了。

抽象的符号，一个接一个，一个接一个，虽然抽象的符号它可以引发我们的感受，但思考的过程中起主导作用的是抽象的符号。比如，我现在想起一个痛苦的记忆，它会引发我身体上痛苦的感受或者身体的反应，可能都哭了。但是起关键作用、起诱发作用的是抽象的符号，就是痛苦的记忆。记忆是抽象的东西，它在起主导的作用，那是属于思考的或者属于非现实的，没有触摸真实的领域。但是对于抽象的东西，对符号化的东西，管它叫作"记忆"也好，叫"意象"也好，叫"期待"也好，它引发我们感受、触发我们反应的整个过程也是可以去触摸的，也是可以直接去体会、去感受的，那就是观察、感知或倾听发生的过程。

就像看着一个蚂蚁在你眼前爬过一样，它是怎么爬过的，这么真实的一种味道，那是观察、感知或是触摸。而思考一下子就飘了，它们确实是有天差地别的不同味道或品质，但这个东西只能直接去体会，没有办法用头脑去区分。只要用头脑去区分，就又在思考范畴里了，就又回到不真实或抽象的范畴里了，就失去了和真实的连接。

（6）不带动机地去看，可以成为一种要求吗？

有位同学问："只是单纯地看内在出现的想法、念头、情绪，不带目的或动机，只是看，对吗？"

这么问好像这是一件可以要求自己去做到的事情一样，但其实无论刚才说到的那种触摸、感知、倾听还有观察，它都是一种自己出现的状态或过程，它是没有办法规划的。就像你真的对一个东西感兴趣，用观察蚂蚁来举例，你很好奇蚂蚁是怎么从洞里爬出来去搬一粒粮食或者搬一个馒头渣的，你压根就不会问怎么观察，是应该蹲着观察，还是应该坐着观察，还是应该用哪只眼睛观察？根本就不会问，就盯着蚂蚁在走了，它爬到哪里，它从哪里叼了一个什么馒头渣，然后又从什么路线回来，观察它自己就发生了。你要是对那个东西有兴趣的话，根本就不需要问怎么观察。

又比如你真的喜欢那朵花或者真的在看那朵花，你就是在看了，它没有怎么观察，它是有一个可以叫作"基础"的东西，那就是你真的对它有兴趣。起码在那个时刻，你满眼都是它，满心都是它，你自然在观察它、在看它，无论所谓观察的对象是一朵花，还是内心的反应或者是感受，或者是念头，都没有什么太大的区别。

九、关系

2021-12-17

今天讲一讲关系这个问题，在进入正题之前还是有几句话得嘱咐一下，可能这几句话大家已经听过很多遍了，但还是得再说一遍。

对于接下来要讲到的内容别轻易说："对。没错。是这样的。"因为说"对、没错、是这样的"，并不等于或并不代表自己亲自看见了那个事实，反而是适得其反，我们觉得没问题的东西，可能恰恰是我们没有真正看清的东西。大家也别轻易说："我知道，不是什么新鲜的事儿，也不是什么新鲜的说法，你能不能讲点新鲜的东西？"但是，可能就是

这些不新鲜的，或者叫作"习以为常""司空见惯"的事情，恰恰是我们视而不见的事情，就是并没有真的看清或者是有深刻的体会或感受的事情。

比如说"世事无常"，我们真的看清楚了或者深切地体会到了这个事实吗？我们知道"世事无常"这个道理，和真的看到了可以叫作"真相"或"真理"的东西，是完全不一样的。这一点为什么要反复说，因为它真的非常重要！

因为无论是我们以前讨论的或者讲到的，还是接下来将要讲到的内容里，大家要是真的能够直接切身地或者深刻地体会到其中的一点，哪怕真的明白了其中一句话所讲的事情或者那个事实，可能就已经有了天翻地覆的变化或不同，或者必定会有天翻地覆的一个不同。

所以说，如果我们觉得看到了事实，但是这个"看到"并没有带来一种非常剧烈的变化，可以说这个"看到"其实是没有力量的，或者就是没有真的看到什么，真的可以叫作"视而不见"。

这是要讲在前头的几句话，就容我再啰嗦一遍。

1. 更为广泛的普遍关系

现在开始讲关系这个问题，在讲大家可能最关心的比如人与人之间的关系，尤其是我们和周围的人的关系这个层面或这个部分之前，先讲一讲更广泛或者更普遍意义上的一种关系。

（1）高度社会化让彼此相互依存

不知道"关系"这个词对大家来说是什么含义，或者"关系"这件事情对大家来说意味着什么，我们先从最广泛的一个意义上来讲。

世界上大部分的人是生活在一个高度社会化的环境里，换句话说，我们是生活在由人构成的一个有组织的社会里，作为社会里的人，我们彼此之间是一个互相依存的关系，这一点貌似是常识，但是里面隐含着非常深的一些可以叫作"真相"的东西。

彼此之间，不仅指在座的彼此之间，而是更广泛的一个范围。比如我们穿的衣服，是别人做出来，我们吃的东西、食物是别人提供的，哪怕是自己做衣服，那衣服的原料它也不可能完全是自己做出来的，不是自己从养蚕、种植亚麻纺出来的，总之，不是全流程都是自己做的。我们很多东西都是依赖别人或其他人提供的，吃的东西也是一样。

说这些只是想说我们其实在以非常密切的方式互相依存着生活、生存，这一点不知道大家是不是有深切的体会。或者说虽然是常识，但是可能现实里大家并没有那么深切地体会到这种相互依存的关系。我们依赖于周围的人，无论是认识的人还是素不相识的人，来提供给我们生存资料，比如我们住的房子也是别人盖的。

总之，我们和其他的人其实是有着非常密切的、互相提供生存资料的这样一种关系的。在社会里的人如果能深刻地认识到这一点就已经会有很大的不同，因为这里直接就是一种共存关系、互相依存的关系，不知道大家能不能体会到这一点。

（2）即使离群索居，在意识领域依然无法孤立

举个比较特殊的例子，比如说有些人是离群索居的，一些所谓的"修行者"，他可能自己住在山洞里或生活在纯自然的一个环境里，但无论如何，他也得需要阳光、空气、水，也需要周围的大自然提供给他生存资料。也就是说，他和周围的环境也时时刻刻在发生着非常密切的联系，和周围的环境也是一种依存关系。这种交互、交流或交换，它可能真的

是以我们通常感受不到的深度或频繁程度、密集程度在进行着的。更不用说一个人如果是在人类社会中长大，后来由于自己的某些选择就去山洞里所谓"修行"去了。

此外，一个人只要在人类社会中生活过，或者是在人类社会中长大的，不说外在形式上他是不是离群索居，这个人意识的内容或者是思想的内容，是不是就已经和其他人类或者是整个人类是完全没有办法分开的？因为灌在他脑子里的思想内容或意识内容，毫无疑问来自他暂时远离的人类社会，也就是说在意识的层面可能依然不是分开的，依然是一个整体（虽然这个问题是有待探讨的）。

举个例子，他有一天出去狩猎或采果子空手而归，可能就会有懊恼或沮丧，这种情绪或者这种感受的产生和一个在社会里打拼的上班族在工作里或者是在其他的方面受挫，于是感受到的灰心气馁，是不是非常类似？也就是说，他还和其他所有人类共用着同样的一个从根本上来讲是相同的反应机制。他即使在山洞里，可能也有痛苦，不管是生活里面发生了一些事情让他痛苦，还是他想起来以前的痛苦经历或者无法释怀的让他执着的事情。

总之，他哪怕在山洞里，依然可能面对的是自我或者是痛苦，和一个在社会里很辛苦地打拼的人，可能并没有什么本质的区别。也就是说，在这个层面上也是相通的或者是相连的。所以说，也许这种相通、相连或者相同，才是一个更底层的或者是更根本的事实，无论形式上他是不是离群索居，是不是一个人住在山洞里。

（3）动植物的食物链也相互依存

这是从人的角度来说，换到其他的所谓"生命"上，动植物那就更不用说了。动物界有食物链，食物链里面当然也包括植物了，所有的生物之间也是一个互相依存的关系。然后，生物对于阳光、空气、水这些所谓的自然环境也是十分依赖的、离不开的，生存是离不开这些东西的。

（4）广义的生命也彼此影响

接下来，我们不说这种狭义的生命，而说一个广义的生命，比如说石头、木头（这些狭义上不管它叫作"生命"的东西），它们也存在于它四周的环境当中，并没有脱离环境而存在。哪怕我们肉眼看不到或者用普通的感官感受不到，但无论用科学的方式还是用其他的生物学研究的方式可以知道，如果打破石头或者木头，它里面会有一些微生物或者它以其他的方式在与周围的空气或者环境进行着某种交换、交互和交流，因此，木头会渐渐腐烂，石头也在被水慢慢地侵蚀（比如说水滴石穿）或者被风、被气候慢慢地风化。

总之，任何一个东西，它都是和周围的环境时时刻刻处在一种交互、交流或者是一种流动当中的，也就是说，实际上是处在一种联系当中的。但是，不知道大家是否有深切的体会，如果我们真的能够特别直接地体会到这种交互、这种联系，也许对整个世界的感知就会不同，或者对于人与人之间的关系的感知也会不同。

（5）星体运行间紧密联系

刚才说到的是这样的一个层面或者这样的一个尺度，我们可能用"尺度"这个词会更准确。我们把这个尺度放大，比如说，放到天体之间，比如星球之间，整个地球在接受着太阳光和热的辐射，在更大的一个尺度范围里面，这种星球和星球之间也在进行着交互，进行着流动，除了这种光和热的接收或辐射之外，还有引力（天体和天体之间都有这种联系，或者说，地球围绕着太阳公转会有向心力或离心力之类的），它也是一种联系。这是一个很大的尺度，放在星系、银河系或者星云尺度也是类似的，当然可能要复杂得多，我们只是非常简单地说其中的一些力、一些相互的联系或者相互的作用。

（6）微观粒子依托各种"力"而存在

我们把尺度放到特别小，比如放到基本粒子这个层面，可能现在科学也越来越趋向于在证明，最基本的粒子之间或者甚至基本的粒子内部，最本质的一种存在是一些力（包括万有引力、电磁力、弱作用力、强作用力）。也就是说，物质最底层的构成就是在力的作用之下，然后放在人能够感知的尺度上，就形成了我们看到的各种有形的物质，但是这个物质最底层的构成恰恰是力，当然可能科学正在往这个方面去发展。

那什么是"力"呢？"力"就是一种相互的作用，是一个事物对另外一个事物施加的影响或作用，叫作"力"。它依然是相互的作用或联系，一个物体和自己之间是没有"力"的，它作用在另外一个物体上才叫"力"。换句话说，也许科学有一天能够非常明白地证明，这个世界的本质是联系或者相互作用的是"力"，因为刚刚说到，非常小的最基本的粒子的一个非常核心的因素是"力"。

（7）科学虽然局限，但也非常必要

为什么会说一点科学方面的东西呢，有一个非常有趣的现象就是很多人更相信科学，甚至有时候对科学有点所谓的"迷信"，就好像科学成了另外一种宗教一样。当然，科学确实也在发展。但是，科学技术或科学研究，毫无疑问它建立在人大脑的功能之上，或者它主要依赖人的大脑功能，也就是思考、推演、逻辑的功能。思想或者大脑得出来的认识，无论如何都是有限的，有它的局限性，或者也许头脑发现的东西就会变成已知，但是相对于未知而言，已知可能永远都是九牛一毛，永远都是有限的。所以我们一方面需要科学、需要知识、还需要技术，它们对于我们生活来讲也确实很重要，但是，我们也不能全部相信它们，而且即使相信了貌似也没什么用。就像刚刚说到的，哪怕科学真的证明了这个世界的本质是联系，我们也相信科学的理论或者这个学说，那又怎样呢？我们就带着一种连接感或一体感在生活了吗？

（8）只有不再抱持分裂感、个体感生活，才能有真正安全

哪怕科学言之凿凿地证明了世界的本质是一体的联系，我们依然抱持着一种各自分开的个体感在生活或在处理关系，那么被证明的、打引号的"科学的公理"又有什么意义？如果我们依然是带着各自分崩离析的这种个体感或自我感在生活的话。

所以，我们相信一个结论没有任何意义，能不能感知到或直接感受到这种连接和联系才是至关重要的，才决定了我们将会怎样在生活中体现出这种感知或感受。换一个角度说，如果（我们暂且用"如果"）世界的本质是联系，联系的意思就是一体、是连接、是不可分割的一个整体，每个人却依然抱持着彼此是分开的，尤其是心理上是一个个分开的个体这样的感觉在活着（实际上这种个体感目前在每个人心里比信念还要深，我们以为这种彼此分开的个体感就是真相或者就是事实），那会怎样？就是我们现在的这个样子。

只要我们觉得自己是和别人分开的个体，内心就会有恐惧感，就会有不安全感，就会去寻找安全感，就会去各种寻求，然后就变成了一个无休止的循环，因为在整个寻求过程中充满了恐惧，充满了不安或焦虑。只要我们内心不安或恐惧的根源不被消除，怎么寻求都没有用，填补的方式是没有办法消除内心因为这种分离感或个体感带来的恐惧和不安的。这是从每个人个体的角度来讲，在这种个体感或分离感之下，必定是恐惧的或不安的，无论用什么样的方式填补或逃避都没有用。

2. 人与人之间的关系

（1）现状

谈到人与人之间的关系，现状是到处存在着互相防范、互相猜忌、

互相竞争、甚至互相残杀，这样例子举不胜举。无论是大规模的战争，还是更小范围的一些明争暗斗随处可见，这些都是我们关系的现实。哪怕我们和最亲近的人之间也有距离，也加以防范，或者有彼此分开的感觉，再近也做不到没有距离，依然不是一种一体感或连接感。有距离就是分开的感觉，是一种孤立的感觉，每个人都是一个孤立的被海水包围的海岛，再近它也是两座岛。无论是从哪个层面上讲，从个人来讲，还是从人与人之间来讲，甚至从国与国之间来讲，或者从群体与群体之间来讲，彼此孤立就是关系的一个现实。

回到刚才的问题，如果（还是用"如果"这个词，因为这个问题需要我们自己去亲自感受到才算数）世界的本质是联系，而我们每个人抱持着各自为政的个体感在生活，那意味着什么？那意味着我们是活在和真实、和真相背道而驰、完全脱离的幻觉里，而活在幻觉里头，怎么可能有真正的和平、幸福或喜悦呢？

我们有时会有某些好像极度强烈的感受，可能也没有办法叫作"喜悦"，举个不是特别恰当的例子，就像一个人吸了毒，他可能也有短暂的极度快感，但那不能叫作一种真正的喜悦，甚至不是健康的状态。如果我们抱持的是与这个世界的真相或者是本质相违背的一个幻觉，怎么可能是活在喜悦或者是活在和平、幸福当中呢？这从我们的现实当中的关系也能看到这一点，我们分明是在彼此伤害以及自我伤害。

（2）现实中关系的实质是彼此有着共同的记忆

刚才说到了一些现实当中的人与人之间的关系、非常常见的一些关系状态或者关系里发生的事情。我们再从头来看看人与人之间的关系或所谓的"人际关系"是一个怎样的含义？我们通常说到"关系"时指的是什么？可以把它放在一些语境里或词组里来看一看，比如说，亲近的关系或者疏远的关系，或者有时候带着某些关系性质的定语，比如夫妻关系、父子关系、母子关系、同学关系、朋友关系或生意上的伙伴关系。

这些关系的核心是什么？除了有一些因为血缘或者因为某些所谓"外在的事物"把大家联系到了一起，形成了某种关系，但是无论最初这个关系是怎么形成的？当说到某种关系时（比如父子关系、朋友关系），它的确切含义是什么？这里是不是必定包含两个人（有某种关系的两个人）之前曾经有过某些共同的经历？甚至有时候更疏远的一种关系，比如说同乡关系，可能这两个人并没有一起生活过。比如，两个人聊天时说，都是来自某某地方，都在那个地方曾经生活过或者都是从那里出来的，好像两个人之间也有了某种关系，我们管它叫"老乡"或"同乡"。这里是不是必定包含了某些共同的经历或有共同点的经历，也就是共同的"过去"或"记忆"？之前讲过，过去的事情已经过去（无论是否一起经历过的事情都已经过去），已经成为这两个人的记忆，而就是这些记忆中有某些共同的因素。

比如同乡，一起来自那个地方或两个人都曾经去某个饭馆吃过饭，于是记忆中有了相同的因素，但相同的因素只是某个地方，比如两个人都来自洛阳，留在两个人记忆里的就是"洛阳"这个词，把两个人联系到一起的只是一个符号（"洛阳"这个词）或者是围绕这个符号的很多记忆，而记忆的性质或本质是什么呢？它依然是一些抽象的留存在脑子里的符号（之前讨论过）。因此，所谓"共同的经历"，说到底或说到实质，是不是只是有一些共同的符号而已？（这么说可能说得太简单了）

其他任何关系都一样，比如说两个好朋友或者两个同学，可能同窗了很多年或者一起做了很多年的朋友，但是这好多年留到现在的是什么呢？很显然只是共同的记忆内容或者符号而已。

虽然这些内容对于这两个人来讲不觉得那只是符号，记忆里可能充满了色彩，同甘共苦也好，或者是彼此有一些矛盾然后又和好了也好，那些东西对他们好像不只是符号，而是充满了色彩，甚至在提到那些记忆时，会瞬间在内心涌起很多强烈的感受。尽管如此，他们共同拥有的那些可能带着非常丰富的色彩、甚至在此刻都能引发强烈感受的东西，是不是依然是记忆？我们可以叫作"心理记忆"。

（3）记忆内容的倾向性带来了感受

刚才提到，两个人只是同乡或只是来自同一个地方，但是故乡那个地名是不是就已经变成了一个有色彩、有温度的符号？也是我们经常用的另外一个词，就是"意象"。如果作为普通的指代用词的一个符号，它本来没有什么色彩，也不会引发什么感受，就像说："那有扇门。"只是门而已，它并没有什么特殊的含义或者被额外添加的色彩，它就只是一个指代的符号。但是作为形成"关系"的这种记忆，或者作为关系基础的这种记忆（核心可以叫作"意象"的一堆符号，它之所以叫"意象"，是因为它有倾向、有色彩，这些"意象"它只要在脑子里开始运转或活动，就会引发相应的感受，这就是意象的典型特点），它不是一个单纯的符号，不是一个指代用词，而是带了色彩、带了倾向的一堆符号。我们所谓"关系的基础"就是一堆带着这种色彩、这种倾向的符号，也就是意象。

我们通常意义上的关系（先不说真正的关系），无论是夫妻、同学、朋友、同乡，还是别的什么父子、亲戚，它的基础是什么？

（4）现实中关系或感情的基础都是因为"意象"

换一个相反的例子，如果两个人没有这些共同的东西，压根找不到任何共同点（其实并不是真的没有共同点），比如一个是来自北冰洋的因纽特人，一个是中国人，两个人没有任何的共同经历，也没有任何共同语言，但实际上两个人都是人。就像之前说过的，一个因纽特人捕了一条鱼，我也知道他捕了一条鱼，所以并不是真的没有共通或共同的地方，那种和记忆或者经历没有任何关系的一种共通或共同（待会可能会说到），也许才是一种真正的关系或是一种连接。

通常意义上来讲，比如说，我是一个中国人，你是一个因纽特人，彼此互相不认识，没有共同的经历，我们就会认为彼此没有关系，会觉得和一个素不相识的人没有关系，因为彼此之间没有共同的经历，没有共同的记忆，没有一堆可以叫作"意象"的符号在我们之间。再如，地球的另外一个角落某个人发生了什么，和我没有关系，或者是某个地方打仗了，我又没有去伤害或杀害他们，我是无辜的，和我没有关系，因为彼此没有什么共同的记忆或经历。但实际上是不是有关系，那是另外一个问题，可能会有一种更深层的关系（后面可能会说到）。

我们通常会觉得有感情才有关系，所谓的"感情"就是带有色彩的记忆，也就是"意象"。这种带有色彩的记忆、印象越多，彼此的感情就越丰厚、越浓烈，无论这个感情是喜欢还是讨厌。比如你和你老爸从小打到大，一看到他就像见了仇人一样，那也是一种感情，也是基于两个人从小打到大的这样一个经历。通常意义上的感情是不是也是基于记忆的？反过来说，如果没有记忆，就和他没有感情，所以说关系的基础，甚至所谓的"感情"绝大部分都是以心理记忆为基础的，或者是以"意象"为基础的。

（5）倾向性记忆会进一步引发要求和期待

刚刚说到，从过去积累到现在形成的关系以及它的基础是"意象"。那么这个关系（比如朋友关系、夫妻关系、父子关系等）除了会引发一些所谓的"感受"（由记忆引发的感受）之外，还包含了或衍生出来什么内容？比如：你以前是这样的，你以后还会这样，我看穿了你这一辈子还是这样，所以我就用之前对你的印象继续这样对待你，以后还会这样对待你，就是过去的印象统治了现在，甚至也决定了将来。

另一方面，当我和你有某种关系，就意味着彼此会有一些觉得理所应当的要求给对方，甚至是给自己，比如说我是你的什么人，你对我就应该怎么，我对你有一大堆的包含在这个关系定位里的"应该"或"期待"。比如我和另外一个人吵架了，于是我就找自己的朋友来评理，期待朋友会帮我，能站在我这边一起去讨伐那个人，或者起码能安慰我。但是，如果我的朋友比较客观、公正地说人家也没有错，错在你，我可能就会生气，觉得作为朋友怎么可以胳膊肘往外拐呢？怎么可以不帮我去帮外人呢？类似于这样的"期待""应该"在大家身上是不是很常见？当然内容会千奇百怪或非常丰富，但无论如何，对于自己的朋友也好、家人也好、亲人也好或者是某个性质的关系定位也好，里边就会有相应的期待和要求。远一点的关系可能要求就没有那么理直气壮、没有那么多，越近、越亲密的关系，期待就越多、越高。

比如，普通关系说一句话没关系，我也就一听，当耳旁风，但是如果你对我是这么重要的一个人，怎么可以这样说我？这话听起来好像你对我来说很重要，显得很特别，但实际上这里面分明有一种要求和期待，伴随着所谓"特别"的关系，同时存在一种附带的东西。所以，我们通常生活里边的关系，首先是以印象或以心理记忆为基础而形成的，然后在此刻或者在随时的生活里又以各种要求或各种"应当"在呈现的。当然，也许不是所有的时候，也许会有一些互相关心或互相照顾的时候，但是这种关心和照顾是基于怎样的出发点，那就另说了。

（6）关系中的各种要求是导致冲突的根源

关系中的这种期待、要求真的是铺天盖地或大面积地存在着，否则痛苦从哪里来，冲突从哪里来？无论是自己内心的痛苦，还是人与人之间的冲突，是不是就是从这些我们觉得太天经地义、太理所应当的要求而来的？要是没有这些期待和要求，还会有冲突吗？我们内心还会有痛苦吗？这好像一下跳到它的反面去了，但是，内心的冲突以及人与人之间的冲突，它究竟是什么东西带来的呢？是不是这些关系定位里我们觉得理所应当的那些期待和要求带来的？它们的实质是什么？它们的实质就是作为关系基础而存在的那些心理记忆（也就是"意象"，或者说它们是另外一堆"意象"）。

"意象"的范围其实非常广，凡是能够带来心理上的某种感受、引起反应的这些符号化的东西或者存在于脑子里的东西，都可以叫作"意象"。它带有倾向、带有色彩，无论它是来自过去可以叫作"记忆"的东西，还是现在就存在于心里对自己、对别人的要求和期待，甚至放得更远一点，对未来的展望、希望或者蓝图、理想，都可以叫作"意象"，因为它们真的是轻易可以调动、引发我们的感受。所以我们通常意义上的这些带有定位的关系，它的核心内容是不是就是"意象"以及"意象"之间的关系？

比如，我对你有要求，你对我也有要求，或者我对自己也有要求，我和自己的关系也是各种要求，逼迫自己做这个，给自己定一大堆的戒律，依然是所谓的"意象"在起作用或者在掌控。

我们也知道"意象"来自哪里，对未来的期待、要求不可能凭空出现，它只能从我们脑子里有的经历或记忆里衍生或加工出来。也就是说，我们对未来的期待其实是来自过去的经历和记忆，心理期待其实只是心理记忆的另外一个变形而已，它投射出了或者添加了一个时间因素，从过去变到未来而已。

（7）心理记忆自带期待属性

心理记忆是自带期待属性的，它们来自同一个池子，为什么这么说呢？所谓的"心理记忆"就是有一个美好的记忆希望重复，有一个痛苦的记忆希望避免，或者还没到避免和重复的那一步，一想起快乐的记忆就笑了或者一想起痛苦的记忆就哭了，但这种倾向其实是明显的。

我们有时候玩味这种美好的记忆，其实一定程度上也是在它的倾向之下产生相应的感受，一想起来就很开心，是在通过这种心理记忆在此刻又给自己带来了某种感受或体验。我们多数情况下希望重复快乐的体验，咂摸快乐的回忆就是在重复心理记忆，因为它有色彩和倾向，其实就自带着一种希望重复快乐，或者希望避免痛苦的期待在里面（痛苦的经历，我们都不希望再现，希望避免）。这种希望重复或避免，其实就已经投射出来了"未来"这个时间方向，它已经变成了某种期待。所以说心理记忆自带期待属性，因为它里边有倾向，就是"希望怎样，不希望怎样或希望不怎样"，这个倾向其实就是期待的属性。

所以说，我们的那些要求，对彼此那些理所应当的期待，毫无疑问也是来自记忆的，只是心理记忆的某些衍生品或延伸而已。说到这儿总结一下，我们通常意义上的"关系"核心就是"意象"，是由心理期待、心理记忆构成的或者组合而成的一堆意象。

（8）所有的期待最终是为了满足自己

放在更表面的层面上来看"倾向"，我对你提要求或者有期待，落到最后还是为了满足自己，实际上是我自己的期待，我自己认为什么样是好的、是对的，是让我觉得满意的或者起码觉得安全的，哪怕说是为了对方安全，但毫无疑问这些都是从我心里发出去的一个倾向。说得更直白一点，我对你的要求、期待得到满足或能够达成，还不是为了让我满意或者让我开心吗？这是它的所谓另外一个属性或者特点。

这些都是基于个人满足感的一种寻求，是基于这样一个可以叫作"动机"的寻求。或者说，我们之所以维持各种关系，不管是被迫的还是自愿的（不是所有的时候，通常是大部分的时候），总是要从关系里获得点什么，我们提要求、提期待不就是在获得吗？不就是在求取吗？无论是有形的好处还是无形的好处，最后落到自己这儿，落到实处，是不是都是让自己满足、满意、开心的？

即使我们经常听到的那个说法是："我这么做、这么辛苦都是为了你好"，但是真的是为了对方好吗？或者我们真的知道什么是为对方好吗？所谓"为对方好"是不是全是依照自己的经验、价值标准投射出来的"为你好"？还有个例子："不是你冷，是你妈觉得你冷"。我觉得你冷，就要给你穿衣服，那我是为你好。

当我们心里、脑子里全是这种"应该、期待"或者是根据自己过去的经验投射出来的一些标准或者做法的话，我们能真的看见对方需要什么吗？我们脑子里都是自己的期待、自己的要求，我们真的能看见对方需要什么吗？你如果看不见对方真的需要什么，你怎么能说是"为对方好"呢？

或者说，是不是只有我们内心对对方不抱有那些要求和期待，真的睁开眼睛去看或者去体会、去感受他需要什么的时候，不带着自己过去的、所有的一堆包袱或者滤镜直接去看对方需要什么的时候，才可能真的是为对方好？那个时候，是不是才可能有所谓"真正的关系"？而不是一堆"意象"丢过来的那种关系或者关心。

就像说穿衣服，妈妈真为孩子好，她需要观察孩子现在穿多少衣服，天气究竟是怎样的，他现在的状态是出汗还是怎样，是不是得丢下所有"应该"（比如衣服就应该穿暖和一点）的教条，才有可能真的看到孩子需要什么。这是一个非常简单的例子，放在生活里可能都是类似的。

刚才提到，现实生活里的关系主要包含两点：一个是关系的基础以及它最核心的内容就是"意象"，它里边大致来说有两类，一类是心理

记忆，一类是心理期待，但本质没有什么不同。另外一个就是从我们"个人化"或者"自我中心"的角度去获得满足感的一个渠道，我们的关系大部分是用来干这个的（不是说所有，而是说通常或者是多数时候），或者是延续以前和某些人或某个人多年来形成的习惯，习惯延续下去，这个关系就延续了下去，但那不依然是记忆吗？不依然是过去的经历的一种延伸吗？而在这些东西的充斥之下，哪里还有什么真正的关系或者真正的关心呢？

3. 真正的关系

换个角度说，完全没有曾经的心理记忆，才会有一种直接的观察（先不说连接），发现到对方真的需要什么。没有这些记忆（当然主要是心理记忆）意味着什么？其实那些记忆已经失去了它的作用，没有这些东西就意味着你对一个所谓"熟悉"的人和一个你素不相识的人，从本质上来讲不会有根本的不同，因为没有那些东西干扰的关系，它才是一种真正的关系，或者才有直接的观察、感知和了解。

没有那些东西干扰意味着你和他哪怕素不相识（因为素不相识就是没有那些东西），你们之间也可以有一种直接的连接，或者也许那才是人与人或者人与万物之间关系的本质，就是一种一体的连接或联系，而不是出于任何定位或者是界定出来的关系，也可以表达成只有不限定在任何框架或定位里的关系才是真正的关系。

刚才说到的心理记忆就是关系的定位里所自带的或者所包含的那些"应当、期待"，比如，你作为我老公应该怎样，你作为我朋友应该怎样。当那些"应当、期待"都没有了，就意味着这个关系的定位也就不复存在了，因为它和那些心理记忆是一体的，定位以及定位里所包含的"应当和期待"是一个整体，是一个篮子的东西。完全没有那些记忆，是不是意味着那些定位也就不复存在了？就可以根据直接的观察、直接的连接、直接的感知去行动、去交互、去交流了，这个时候必然有一种连接感或者是一种互相依存、共生的关系，是一种紧密的依存以及共生关系，而不是什么定位界定出来的关系。

4. 个体感和自我感的来源

下面简单说一下，我们通常的关系里面包含的那一堆东西，包括心理记忆和心理期待（就是一堆"意象"），和每个人所抱持的个体感或自我感是什么关系？之前提到，如果每个人都是基于一种彼此分开的个体感在生活、在建立关系以及处理关系，必定是冲突不断的，无论是自己内心的冲突，还是和人之间的冲突。

这种个体感或自我感，它有没有可能恰恰就是过去的这一堆"意象"，包括经验、记忆打包积累而成的一种所谓"必然"的结果？这种个体感，是不是一部分（不能说全部）就来自这些非常有限的、非常局限的、非常个人化的一个视角得来的记忆和经验？是它们打包形成了一个"个体感"或者是"自我感"。因为我们留下的那些记忆或经验，貌似都是从"我"

站的视角、"我"站的立足点看出去的，"我"作为一个和别人分开或有距离的这样一个点，就已经是留下的所有记忆和经验默认的出发点和基础了，它自然就带着这种个体感。

比如说，我们两个人站在不同的位置看同一个物体，看到的形状可能就是不一样的，我看到的是方形，你看到的可能是六边形，于是这种好像表面上看起来不同的视角留下不同的印象或记忆，就形成了彼此的个体感或者与众不同、与别人不同的一种独特的感觉，我们管它叫作"个体感"或"自我感"，这就是个体感或自我感的来源。

还有另外一个原因（不是唯一，只是另外一个而已）就是我们身体上从外在来看是分开的，彼此相对是独立的，然后我们就以为内心也有一个相对独立的存在，叫"我"或者是"你"。

之前提到，我们借助关系最核心的一个诉求实际上就是为了满足自己，让所谓的"个体"或者"自我"得到某种满足感，而这种满足感虽然好像满足的是"我"，是每个人自己，但是这种"期待""希望"得到的满足实际上是来自记忆的，来自有倾向的记忆。

快乐的记忆希望重复，而这个所谓"快乐"的记忆也是以个体为基础的快乐记忆，也是这个个体或"自我"他所以为的、所记录的、所感受到的快乐，依然是以个体为基础的一种感受。于是这个带有倾向的心理记忆投射到未来形成的心理期待，还是以个体为基础的或者以个体为中心的一种期待，一种对于满足感的期待。

回到刚才的问题，这些心理记忆、意象和所谓"个体感"或者"我"究竟是个什么关系，还是说它们也许就是一回事儿？因为"个体感"或者"自我感"完全是从记忆里产生出来的，它就是这些记忆的一个核心。说它是核心，并不是说它和这些记忆是不同性质的东西，而恰恰是这些记忆的最核心（不能叫实质），它们具有同样的一个本质。看起来好像

"个体感"或者"自我感"是这些记忆里的一个中心点，但是它们都属于同样一个范畴，就是属于同一篮子的东西。换句话说，这种"个体感"或者"自我感"，有没有可能（暂时这么问）它就是这些记忆或者心理记忆的产物？

"产物"的意思，就是它们是同样性质的东西，就像我用棉花纺成了线、织成了布、做了一件衣服一样，但是衣服的质地依然是棉，并没有脱离于棉这个物质而存在，并不是和棉不同的东西，而是它的实质就是棉，哪怕它做成了一个衣服或布偶，它的实质依然是棉。"自我感"或"个体感"也一样，它是从那些记忆里编织出来或演化出来的一个东西，但它的实质依然是和记忆是一样的东西，就是记忆。

5. 问答

（1）关系的定位是不是界定了责任？

有同学问："关系的定位里是不是也界定了责任？"

毫无疑问，各种"应该怎样"中除了对他人的期待之外，首先有对自己的要求，其中就有一部分所谓的"责任"，这是一种戒律式的责任，但不能叫作真正的责任感，而只是为了遵从某些约定俗成的要求。我们通常说的那种"我要负责任"，很多时候是来自某些观念性的束缚。

它有两层皮，有时候我们说"它不是直接的"。比如我真的对你有关心、有爱护就会直接去做一些事情，哪怕只是直接去观察你。而当我脑子里先有一个条条框框说"我应该怎样"（出于道德、道义或者传统），然后按照"应该怎样"再去做事情，那就不直接了，就有两层皮了，它就变成一种间接的东西。甚至有时候可以把它叫作"虚假"的东西，因为它不是非常自然地、自发地、真诚地做出来的一些行为，是一种头脑化的"关系"，放在今天的话题里，它就不是一种真正的关系。

（2）现实中的关系就是自我运作的过程

有同学问："关系在自我认识过程中的意义是什么？"

这是一个比较大的话题，但今天咱们讲通常意义上的"关系"的实质，不知道大家有没有感觉到，讲它的实质和了解自我运作的过程，是不是就是同一个问题？

当然也许不完全是或角度不完全一样。但是，当我们说到关系里发生的这些所谓的"互动"，或者关系里存在的这些东西的实质时，是不是也是一个了解自我的过程？

可以从另外一个角度来讲，就像我们经常拿来举例子的"生气"，这是关系里边经常出现的一种情况。你骂了我一句，

我就生气了，在这个过程当中发生了什么？或者"生气"的反应是怎么做出来的，把这个过程看清楚，也许就是一个直接在了解自我的过程。

或者通过我们的反应来了解自我，把反应的过程给它撑开了、放大了、放慢了、捋细了，看看里边究竟有什么，那就是一个了解自我的过程。比如生气这个问题，你骂了我一句我就生气了，如果我对你说的话没有任何的期待，或者对你说的话没有任何的解读，我也不会生气。我对于你怎么对我没有任何的期待或者我对于你说的任何话、发生的任何事情都没有任何看法，我也不会生气。

我要是对于发生的事情不赋予任何的倾向（毫无疑问要是有倾向的话，它就是来自我以前形成的对于事情好坏的一个判断标准或习惯，它们还是来自我以前存储的记忆、经验，进一步形成的一些标准），脑子里要是没有那些现成的东西出来活动或者出来反应，我也不会生气。

关系作为自我披露的过程，这个事情真的很明显，好简单。

（3）看清"带歪"才是关键

问："看清是关键，总是被带歪，不知不觉中。"

这个问题简单来说就是，带歪才是关键，看清不是关键，把"带歪"看清了才是关键。

我们的现实如果是被带歪了，那就去了解被带歪的过程，而不是直接要求自己看清什么。被什么带歪了，怎么带歪的，就和刚才说到生气一样，是怎么生气的，为什么会生气，生气的过程是怎样的？其实是差不多的。关系作为彼此的镜子、自我披露的过程，有机会可以做一次专题讨论。

十、能量

2022-2-11

今天我们讲"能量"这个问题，这个主题可能比"意识"那个问题更难讲清楚。

1. 世界就是无比广大的意识覆盖在整体能量场之上

一说到能量，大家就会感觉它是一种看不见、摸不着的东西，而且可能很多人对于这个东西没有特别直接的感觉、感知，用"抽象"这个词都不是特别恰当，就是对这个东西不是特别有感触。

虽然之前讨论"意识"时已经提到过，这个世界的本质或底层的事实是普遍联系、相互影响和作用，这个相互作用无论叫什么名字，比如叫作"力""场"或者是"弦"，那都是一种相互的影响，一种关系。这是一方面。

这个世界的本质是相互的联系，是从关系的角度来讲，换一个角度，从事物或物质的本质的角度来讲，这个世界以及这个世界上所有的一切

东西的本质就是能量。

　　但这个世界呈现出来非常丰富的样貌，就是能量在人类有限的尺度范围内的感知的运作之下而形成的，换句话说，这个世界就是在人类有限的感知能力下才呈现出我们看到的这个样子。

　　也可以说，这个世界呈现成这个样子，就是无比广大的意识覆盖在这个整体的能量上，于是让世界呈现成了我们现在看到的这个样子。

2. 视觉的感知方式让光呈现各种颜色

　　我们再说得具体一点，比如人的视觉，只能看到可见光这一个部分，虽然它只占整个光谱很小的一小段儿，但是已经足以让我们见到五光十色或五颜六色。（当然颜色不止五六这么粗略的几种，它是非常丰富的）而光是什么？光本身就是一种能量（虽然光有波粒二象性，既是光波又

是光子，既有波的性质，也有粒子的性质），这种形式的能量在肉眼或人类对于可见光这一个频段的感知之下，就让这个世界呈现成了五光十色的样子。这就是刚才说到的，也许（暂且说）这个世界的本质或者它的所有存在都是能量，但是在人类的感知方式之下，它就呈现出了非常丰富的或者非常具体的样貌。

刚才说到的是颜色。当然由于颜色有区分、有不同，它自然就会形成了形状（形状之所以形成，是因为两个不同的颜色之间有个边界，然后就会形成各种形状）。关于视觉，简而言之就是光这种能量或这种能量形式，在我们这种意识的能力或者感知方式的运作之下，就呈现成了五光十色的样貌。

3. 听觉让声波呈现不同的声音

听觉也是类似的。比如声波也是一种能量，在我们听觉能够感知到声音的频段之内，就听见了这个世界有各种各样的声音，有人的声音，有自然界的声音，有鸟叫声，有汽车喇叭声。声波也是一种能量的传播形式，在人类对于声音的感知方式之下，那么这个世界就用声音的方式也在呈现着，有音乐，有各种噪音或者有各种声音。

刚刚说到听觉和视觉的例子，这个世界也许它的底层或者它的本质是能量，但是在我们的意识能力或者是感知方式的运行之下，就呈现出来了各种声音或者各种色彩这样一个非常丰富的世界。当然，还有其他的感官都是类似的。

但说到这个程度，感觉能量还是涵盖很广，几乎涵盖了一切，范围有点宽、太广泛，接下来我们可以把这个范围稍微缩小一点，看看是不是会有更加切身的、更加直观的一些感受。

4. 讨论狭义生命的能量运行方式

我们来缩小一下能量的范围，先不说那些会带有些许神秘色彩的能量（比如有些同学或者有些人能够感受到一种或强烈或不同的能量感，有时候还有人用一个词叫作"气感"），也不说机械能（比如驱动机器运转的电能或者热能，这种比较机械的能量）。我们先说说属于生命的能量，而且再把范围缩小一点，是狭义的生命。之前说到过，生命它有一个广义的含义，就是所有的通常不被我们叫作"生命"的那些东西，比如说山川大地、江河湖海、日月星辰，但实际上它们是更广大的、更广义的生命的组成部分，或者说整个大自然或整个自然界都是生命的呈现或展现。或者说，能量以自然的秩序这种方式在运行时，我们管它叫作一个"广义的生命"。

狭义的生命就是我们通常所说的生物，比如动植物，甚至包括一些微生物、细菌（包括真菌）、病毒（我不知道病毒是不是严格地算生物）这类的，我们管它叫作有生命的物体。我们只说生物这个狭义的生命身上运行或存在的能量，这个范围会稍微具体一些或者大家会更有感觉。

生命的能量它就不同于没有生命或者一个生命死亡时呈现出来的能量运行方式。比如说，我现在活着，我在说话，我的心脏在跳，我有呼吸，我的血液在流，就是有各项生命体征，我们说这个相对独立的生命个体是活着的，它就是生命的能量运行方式。如果我死了（这是生物学意义上的死亡），我这个相对独立的生物个体已经不是生物了，已经死了，这时那种可以叫作"生命能量"的、而且是相对独立的生物个体身上运行的那种生命的能量，它就不见了，没有呼吸了，没有心跳了。

比如接下来我没有被人为的方式火化，而是尸体被埋在了土里，所谓"相对独立"的生命个体已经没有生命体征了，不能叫作生命了，没有生命的能量运行了，它死后已经开始运行了另外一种秩序。对于它来讲是死亡，但是对于其他的生物可能是开始运行叫作"生命"的一种能量秩序，比如有蛆虫或者有细菌在吃这具身体，对于蛆虫或者微生物，或对于其他的以这种腐烂物体为食的那些小的生命，对它们来讲，在它们身上运行的就是一种可以叫作"生命的秩序"，或者是能量以生命的方式在运行。但是对于之前还叫作"我"的身体来讲，它就是一种死亡的秩序了，因为生命的秩序已经不再运行了。

我们就先从在相对独立的生物个体（还有生命的时候）身上运行的能量以及它的运行方式开始讲，比如说我们还活着，这是一个生命还活着时能量运行的方式，大家应该是最有感觉的，在死亡之前都能感觉到这个方式或这种能量的运行方式。

5. 健康的能量运行方式

接下来我们讨论，从一个生命体活着开始，一直到生命的尽头，在整个生命过程当中，一直有这种可以叫作"有生命力、有活力"的能量运行方式。

大家有没有听说过一个相关的研究，说人的自然寿命是一百四五十岁（大家可以去查证一下）。比如说，通常人活到八九十岁大家就觉得这个人已经非常长寿了，但是如果人以真正完全自然或完全健康的方式生活，可以活到一百四五十岁。

讲一个小故事，有一个很长寿的老人，大概活到了 150 岁（这只是一个大致的数），他的生活环境非常自然，生活方式也非常健康或原生态，于是很自然地就活到了这个年纪。在普通人或世界上大多数人眼里，这就是属于非常长寿的人了。于是有一大堆的媒体记者把他惊为天人，纷纷采访报道，请他大吃大喝，总之就是各种喧嚣，各种吵闹，持续了

一段时间，不久这位长寿老人就去世了。

本来人家活得挺健康的，活得好好的，被这么一折腾或者被换了一种生活方式，本来很健康的生活方式就结束了，进入了另外一种生活模式，于是刚才说到的这种可以叫作"生命的能量"的运行方式就停止了、就结束了。为什么结束？故事里可能已经说出了一部分原因或真相。或者问，大多数普通人为什么活不到那样一个年纪？有没有可能是因为我们的生命能量（暂且叫作"生命能量"）就是用刚才故事中最后那个阶段的那种方式在被浪费着、消耗着，而这种浪费和消耗是一种不健康的方式。

能量可能会以一种健康的方式被用掉，而这种健康的方式反而会让能量在被用掉之后变得更强。比如说运动或者锻炼身体，不管是走路、跑步还是瑜伽，或者其他的对于身体健康有益的运动方式，运动之后我们都会觉得累，因为运动是消耗能量或热量的。但是经常运动的朋友可能有体会，虽然有点累，但非常舒畅，而且因为这种非常有规律、非常适合自己的运动方式反而让自己的能量在被消耗之后有了产生更大能量的基础，于是让身体更加强壮或者更加健康，身体的各项机能，比如心肺功能，包括肌肉的各种能力都是在增强的。就是这样的一种能量使用方式，虽然它曾经在某一段时间内被耗掉，但它是一种健康的能量使用方式，它反而会让身体更好，也许会延长寿命，而不是缩减。

除此之外的那些不太健康的能量使用方式，很大程度上就是让寿命缩短的一个最主要的原因。比如说，我们有一些不良嗜好，无论是抽烟喝酒，还是熬夜打游戏、刷剧，或者其他的不良生活习惯，这些不太健康的方式使用着甚至透支着我们的能量或透支着身体的健康。

6. 负面情绪消耗着能量

当然还有其他的很多能量的消耗方式，比如说，我们经常讨论的情绪，尤其是那些负面情绪，也是时时刻刻在对身体造成伤害，（这一点已经讨论了很多，不再赘述）。这也是能量的某种不太健康的或者可以叫作破坏性的使用方式。

还有另外一些情况，也许更不明显。举个例子，前两天我和朋友去颐和园，她的手机电量本来是够的，但过了几个小时电突然就快没了，什么原因呢？她发现之前开了地图导航忘了关，那个程序一直在运行，就是在耗电，其实就是在耗费能量。类似的情况非常有可能也发生在我们身上，比如手机上的网易云或喜马拉雅忘了关，它一直在那播放。但是我们内心里或脑子里会不会有类似的程序，一直在底下或在后台不停地播放，一直是处在一种低烈度运行的那么一个状态？而这些想法，或者是一种可能隐隐的担忧、不安，它们的运行是不是也在消耗我们的能量？

刚说到"能量"这个词，也许可以换另外一些词就更加容易体会了，比如说"精力""活力""生命力"或者是"力气"。我们做任何事情都需要有力气、有精力，哪怕我现在伸手拿个东西，也得有力气、有能量去完成这个动作，因为毕竟要做功。（物理学上叫"做功"，你做功是要消耗能量的，你得有能量、有力气、有精力才能把它拿过来，即使用到的能量再少那也需要能量）。

我们如果感觉精力不济、没有力气、没有生命力、没有活力，天天萎靡不振或者整个人处于一种亚健康状态，有没有可能我们的能量、精力、生命力、活力就是在以一种并不健康的方式，甚至是破坏性的方式在被消耗？那么这种消耗方式长此以往，几十年下来可能带来的就是寿命的缩短（因为我们的健康状况不佳，就不可能长寿）。所以说，用"精力、活力、力气或者精气神"这些词来表达能量，是不是就更直观、更容易理解？

不知道平时生活中所谓"不太恰当"或"不太健康"的能量消耗方式还有没有其他的，还是说刚才说的那几种方式都太过粗略？比如说不太健康的生活习惯，一些不良嗜好，或者各种忧虑、担忧、愤怒、伤心。

甚至有时候那种快感和痛苦并不是截然分开的，甚至可以说它是一体两面，包括我们留在脑子里的各种关于苦乐的记忆，它们在心里泛起或开始发挥作用时，也会牵动我们的情绪，耗费我们的能量。比如我们生了一顿很大的气，生过气之后，整个人就像被透支了或虚脱了一样，这就是一种能量被以破坏性的方式使用掉或消耗掉的方式，这是很剧烈的。不剧烈的方式就是刚才说到的，内心那些隐隐的担忧，内心一直有

所挂怀、无法放下的那些事情，就一直在那里挂着，就像手机后台有若干个程序像发低烧一样在那运行，时时刻刻都在消耗着能量。

再比如，家里这个月突然多用了 100 多吨水，查了半天发现有一个净水器一直开着，一直在那跑冒滴漏地跑水，多跑了 100 多吨。这是很大的一个数目，别看它转得很慢，水表它就一直在以很慢的速度在转，但是它 24 小时不停地转，漏掉的水会是惊人的。在每个人身上，那些可能不管是在意识表层，还是在意识深处自运行的躁动不安的想法，它可能就像跑冒滴漏的用水的电器一样，一直让水表在不停地走，一直在浪费着我们的能量。

目前讲的能量大家是否都有体会？或者在日常生活中深有感触的含义，还有没有其他可以叫作"能量"的东西？当然，刚才也说到我们讨论的既不是那种机械的能量，也不是具有神秘色彩的能量，也不是物理学上的能量概念（以焦耳、大卡这些单位来衡量的能量），而是我们生活中这些能量的使用，它不能也没有必要以一种精确的方式去衡量，但是我们能够时时刻刻感受到这种能量的使用、流失或者消耗，而这种使用的方式恰恰是让我们身体失去健康（甚至不只是身体，而是整个身心都失去健康，导致身心失衡），于是让我们的寿命缩短，没有办法活出生命的正常长度或跨度（都不属于生命极限，而是常规的长度）。

不知道说得是否太快或太粗略，如果大家觉得有什么地方需要更细致地说一下，我们可以重新再过一遍。

刚才主要说的是可以换成我们的精力、活力、精气神儿这个含义的能量。一开始说到这个世界的本质也许（暂且用"也许"这个词）就是所有的事物或物质都是能量，而这种能量在无比广大的意识笼罩之下，或者是在人类特定的感知方式的运作之下，于是呈现成了我们见到的或者所身处的大千世界，有着各种丰富的物体、物质，五光十色的，非常丰富。

7. 人类感知方式的运行让物质有了边界

我们以现在这种习惯性的方式感知到的，从表面上看起来是一个个分开的个体，无论人与人之间还是我们和周围的一切事物之间，彼此好像都是相对独立的。表面上看是分开的或者相对独立的，无论是生物还是非生物的个体，它们从根本上或者我们从根本上是分开的吗？

这个世界的本质是能量，如果（暂且用"如果"这个词）那个无比广大的意识或者人类特定的感知方式没有运行，整个世界是不是可以叫作一个"能量的整体"，它完全不是分开的？连这种相对独立的一个个的形体或外形，这种所谓"轮廓"或"界线"都没有，而只是一个能量的整体，而且是没有边界和界线的。不只是外部没有边界和界线，连它中间、里边也没有界线。

这种所谓的"界线"或"边界"只出现在人类特定的感知方式开始运行或者开始作用时，于是一个个相对独立的个体，无论是山川大地、日月星辰，还是我的身体，还是我们和周围的树之间就有了某种相对独立的界线。

之前说过，无论表面上看起来是多么截然分开或者多么彼此独立，它们都是我们非常局限的感知方式的呈现。因为我们感知的方式非常有限，只能感知到非常小的一部分，而感知不到的那个大得多的部分可能根本就不是分开的。所以说，我们感知到的边界或界线，或者相对独立的一个个的个体，恰恰是局限的感知方式所导致的。比如我们只看到可见光，只看见整个光谱里边非常小的一部分，而且这一部分还分成了各种各样的色彩，色彩之间的不同，于是有了边界，但是，那只是我们非常有限的这种感知方式的呈现。

8. 感知方式和呈现是同时发生的

这种感知方式和它呈现出来的样子是完全分不开的，所以它们并不是一个因果关系。也就是说，无论主流的或者我们平时怎么感觉分开、独立，其实只是一种非常表面的分开，非常表面的独立。从底层或者从根本上来讲，它们根本就不是分开的，而是一个能量的整体。这和之前讲到意识那个问题有一定的关联性。这样讲是不是太过抽象？大家有没有一种直观的感受：我们认为的这种独立或分开，也许从最根本上来讲是不存在的，因为整个世界其实就是一个能量的整体？

再强调一次，这个世界只是能量。如何有了一个个看似分开或者看似独立的个体呢？是因为人类这种感知世界的方式，它只要一运行，那么世界就呈现成了现在这个样子。它只是一种非常有限的感知方式的运行，让世界呈现成了各自不同、各自分开的这样一种非常表面的差异或者分开，而它的底层或本质是一个完全分不出彼此而且互相交融的、流动的、互通的一个能量的整体。

9. 头脑认识世界的方式导致时间的产生

我们再换一个感官来讲，看看能否帮助理解或者帮助把这件事情说清楚。

我们再从时间或者空间、距离层面来讲。时间同样也是人类的这种感知方式，而且尤其是头脑认识世界这个方式在运作，才有了现在的时间概念。比如说，真实存在的只有此刻这个瞬间或者只有这个时刻，现在这个时刻（我们反复讨论过很多次了）。

时间概念是怎么来的呢？最早它是人们根据太阳或天体运动留下了一些位置的变化，然后根据位移总结出来了时间，一年多少天，一天多少小时。而这个总结是怎么来的呢？总结是根据位置的变化，而这个位置的变化，它只可能是根据比如太阳以前位置的一个记录，也就是说，是我们根据记忆里或记录下来的它以前的两个位置之间的一个比对，产生了一个位移，根据这样的一种所谓的"运动"总结出来的时间。

因为真实存在的只有此刻这个时点，那么，所有的时间段儿都是我们根据记忆里或者记录下来太阳或天体以前在某个位置，然后根据这个位置的变化，这种记录完全是从记忆里来的，也就是说，时间的概念或长度、时间的划分实际上是根据记忆里的记录，位置记录的比对而来的。而记忆或对于以前发生的事情，不管它的位置也好，还是什么别的事情也好，这些对于以前发生事情的记录或记忆，它们的性质或本质是什么？

以前发生事情的记录或者我们对它的记忆并不是那个事情本身，而是我们对于那个事情进行了一种非常抽象的符号化的留存，就像"门"这个词不是门本身一样，留在记忆里的东西，它已经不是真实的事情本身了。也就是说，时间概念是我们根据已经属于抽象的、符号化范畴的东西，然后总结出来的一个本质上依然是符号化的东西，而不是一个真实的东西，因为真实存在的只有此刻。

不是说对于时间的概括或总结，根据以前的位置移动的变化总结出来时间不必要，相反，它是必要的，就像我们把门这个东西叫作"门"这个词，用来传达、沟通、交流是必要的、是有用的一样。就像我们对于天体的运行规律，总结出来一个可以叫作"物理时间"的东西，用它来便利生活，包括春种秋收，我们总结出四季，这都是非常有必要的。但是，刚才讲的核心意思是，对于整个时间的总结或归纳，从最根本的层面上来讲，它并不属于真实的范畴，因为真实的只有此刻这个瞬间或者只有现在这一刻。

所以说，关于时间，也是头脑认识世界的方式总结出来的，时间是头脑根据记忆里位置的比对总结出来的一套规律性的东西（暂且这么说），但它依然是属于抽象的符号化的范畴。这是我们头脑认知世界的方式，它当然有它的必要性，还有它的有用性，但是，它依然是非常局限的。

头脑的局限性虽然从具体来讲，和视觉、听觉感知世界的局限性具体表现不同，我们只能听见声波的波段，只能看见可见光的波段或频段，对于过去的发生的事情也只能进行抽象的留存，也是非常局限的、非常片段的、非常破碎的。把一个非常具体的事件抽象成一个因素或者若干个有限的因素进行留存，那也是非常有局限性的东西，就像"门"这个词永远没有办法和门这个实物相提并论或者相比一样。

所以，无论是头脑还是其他感官，在感知世界的方式上都具有非常大的局限性，而感知到、认识到的这个世界都是在这种具有非常大的局限性的感知方式下产生出来的观感或感受。就是因为它是局限的，所以它并不能真的反映这个世界的本质，不能反映这个世界的一体或者互相的联系，不能反映这种能量其实是没有边界地在流动、在互通、在交融的这样一种世界存在的本质，包括距离也是一样的。不知道大家是否能听明白，这个事情可能确实不是那么容易说清楚。

10. 讲一点儿个人的经历

最后我再稍微讲一点儿最近个人经历的一些事情，具体的细节或者过程就不多说了，只是说一下核心的意思，就是能量的运行方式可能真的不是头脑能够理解、能够捕捉的。简而言之说一下我经历的这个事情的一个所谓"结果"说明了什么。就是无论这种能量的运行过程还是结果，无论是已经完全超越了我们通常对于时间和距离的感知范畴的那种更加直接的感知里边所感知到的，还是说那种远远超出了头脑所能理解的能量的运行方式、运行过程以及运行结果，也就是无论是感知到的还是这种能量的运行结果，看起来非常意外、非常巧合地（这么说也不准确），就是跟我们能够理解或信服的各种现代科技手段检验得出来的结果是一致的，也就是被我们现在一定程度上迷信的科技手段检验的结果所印证的。就是说我们更加信服的那些现代科技的各种手段检验出来的结果，印证了一些头脑完全不能理解的能量运行方式以及在这种能量的运作方式之下直接感知到的一些东西、一些信息或者一些症状、一些状况。

11. 问答

（1）如何亲身去触及无限？

有同学问："透过头脑可以理解你讲的内容，如何亲身体会？"

怎么说呢？这个问题只能从我们现实中依然所身处的这种局限入手，这种局限不仅是刚才说到的各个感官，包括头脑在内认识世界的方式的局限，可能最主要的还是我们以不恰当的方式在使用生命的能量。对于这个可能真的是非常大面积存在着的现实，需要非常透彻地、非常深刻地、非常切身地了解或体会。

当我们停止了这种浪费或者一种破坏性的能量使用方式时，才有可能触及另外一些更广大或无限的东西。在此之前，在我们还受制于这种不恰当、不健康的思维方式或生活方式时，可能没法奢谈其他的。

偶尔地，思想或头脑不运作时，我们会有鲜活的体验（姑且把它叫作"暂时忘我"的一些体会），但是，可以说那并不是重点或关键。最重要的是，更多的时候是处在被头脑里的内容下意识地控制着的状态，这才是我们的现实，这才是大面积存在的现实，或者说绝大部分时候所处的现实，这是我们最需要去了解的。

我们有没有可能发现能量的这些无谓的或破坏性的运行方式、消耗方式？或者我们需要一种起码的敏感。不知道我们的能量被消耗这件事情或这种现实,是不是很难被发现?如果能够体会到(哪怕感受到一点儿)这种能量以一种不舒服的、不健康或不恰当的方式在被消耗,我们有没有可能去追究、去把它是怎么消耗的搞清楚,不是通过想,而是通过看?换句话说,有没有可能细细地体会这个能量是怎么跑冒滴漏的、怎么被消耗的?这时也许会发现有一个像没有被关掉、自己在那运行的程序一样的东西,念头也好,或者是什么内心的活动也好,一直在那运行。也许会发现,这个东西在浪费我们的能量,也许会发现是某种情绪化的担忧,或不满,或焦躁,以一种闷烧的方式在消耗我们的能量。

总之,因为这种消耗真的可以说大面积地、甚至时时刻刻在进行着,我们完全不缺乏观察的素材,对于消耗这件事情本身真的感兴趣的话,随时随地都有东西可看。因为它对我们来讲完全不陌生,可能时时刻刻都身处其中,有兴趣或者有意愿去看可以随时去看,就像我们看脑子里的想法一样,因为脑子里边可能不停地飞过各种想法,随时都可以去看。

(2)看清局限,才有可能触摸到所谓的"神秘能量"

上面有一个同学好像问到了:"起初不聊的所谓神秘能量是什么?"

最后说到的那一点点算是涉及了一些,但是可能确实没有办法、也没有必要讲太多,只是说,能量的运行方式真的远远超出了我们这些有限的感知方式所能理解的范畴,而且它可能随时随地都在运行。

或者换一个我们经常提到的点,不说那些感官,不说眼、耳、鼻、舌、身这些更加直接的感知或感官,就说我们的头脑。比如,对于一朵花的所有知识都比不上那朵真实的花,我们对于一朵花,它的花瓣,花的构造,包括它花瓣的成分,包括叶子里边有叶绿素,怎么光合作用,怎么呼吸,怎么吸收水分,怎么放出氧气之类的,我们有海量的知识,但是这些知识加在一起都比不上或者没法和那朵真实的花相提并论。

因为一个抽象的、片段的、非常有限的内容(头脑中对花的所有认识、记忆、记录、研究，都是头脑认识这个世界的方式留下的一些非常抽象的符号化的留存），永远没有办法和真实的花以及它所包含的秩序、它里边真实在流动的能量是怎么运行的这些鲜活的事实相提并论，完全无法同日而语。从这个角度来讲，无论你觉得那朵花（包括一根小草也是一样的）如何司空见惯、习以为常，觉得太普通、太常见了，但是可以说，它是神秘的，它上面就有着头脑可能再过多少千年、多少万年都无法认识到的神秘力量以及神秘的能量，它本身就包含了所有能量的神秘或者所有神秘的能量，而头脑永远无法认识其中的万分之一。

或者说所谓的"神秘力量"或"神秘事物"也许就在我们早已习以为常的周遭所有的事物当中（包括我们的身体）。这种神秘，我们没有办法传达，也没有办法用头脑去理解。关于这个问题只能说，我们目前所受的局限有没有可能被看清楚，于是，当这种局限被看清，它就不会再局限我们。突破了局限或突破了有限，或者出了有限的范围，才可能真正触摸到无限。而这种触摸（不能叫作"经验"，"体验"这个词也都不恰当）不能放在头脑的范畴里，而且它永远不可以主动做到，只能说局限脱落、局限瓦解，才有可能进入无限。

而这个局限、有限的东西的脱落或瓦解，它需要自己发生，而不是有一个意志力，或者是有一个让它脱落、让它瓦解的力，那是不可能的，因为"让它脱落、把它扔掉、让它瓦解"同样是来自局限的范畴，所以永远都不可能真正地跳出局限。可以说，我们什么都做不了，这意味着我们任何主动的尝试，带有目的性地想要打破局限、想要跳出局限，带有任何主动性的目的、动机的行为都完全无效，甚至只会增加局限，因为它本身就来自局限。

因此，从一开始就需要有这种摆脱了动机的自由，不带着任何目的、不带着任何方向去了解我们所身处的局限，才有可能触及无限。而这种不带动机地去了解，它只能表达成，我们对于自身所身处的局限或现状，对于自身的现实有一种真的单纯的想要了解的兴趣，而不是为了达成什么，只有此时才有所谓"最初的自由"。

不为了达成什么而去探索、去观察、去了解，没有心理上的倾向和动作，我们把它叫作"不动"。"不动"不是像一块铁板或者一块木头那样不动，而是心理上没有去往任何地方、没有想打破局限、没有想达到无限、没有任何想要达到什么的想法，这个叫作"不动"。只有在这种"不动"之下，才可能有真正的行动，才有可能去了解，真正的了解、观察才有可能发生。而且这种"不动"是自发的，不是用意志力把自己摁在这儿不动，那依然是一种动，因为这种意志力本身就是一种盲动，就是一种躁动。

再换一些表达，就是对于我们现在所处的生活，有没有一种真正负责任的态度？就是不要糊里糊涂地活着，而是现在的一举一动、一思一想，它究竟是怎么做出来的？它究竟会有什么样的影响？它的活动过程是怎样的？这需要有一种非常单纯而且很真诚的兴趣。就像我们经常说，当身处局限当中，如果想把局限消除，就不可能真正了解所处的局限，那就不是一种真诚的兴趣。

比如我们两个交朋友，我真的想了解你，那才是真正的朋友，而不是我了解你的背后是要把你干掉，那就不是朋友。是否有一种真诚的兴趣，有一种非常单纯的兴趣？想要把自己的处境、自己平时生活中的一举一动搞清楚，而不是浑浑噩噩地就这样一辈子过下去，是对自己生命一种负责任的态度。

也就是说，对于我们以前可能觉得是习以为常、司空见惯的东西，不再习以为常，因为真的没有什么东西是理所应当的。比如刚才说到一朵真实的花，它真的是藏着无限秘密的一种东西（暂且这么说），相对于那朵无限的、神秘的、具有神秘力量、神秘能量的花而言，我们的思想以及思想活动其实要简单很多，思想的本质以及它的活动过程、它的影响比无限丰富的花要简单很多。

（3）真正的兴趣就是对结果没有任何预期

有位同学问："有了负责任的态度，去看、去了解那些心理积累，只是无法要求自己每次都能真的看到什么、了解到什么，所以有种很随机的感觉。"

很随机的感觉是什么意思呢？就是对于结果完全无法预期，也无法预料，不知道会怎样，可是真正的兴趣不就是这样吗？对于结果没有期待、没有要求，这个时候才可能有真诚的兴趣。

反过来说（虽然这样一个反推不是特别恰当），很多时候我们去了解，好像也不带着什么动机或目的，但是貌似也没了解到什么东西，也没看见什么，好像那个幸运并没有降临在自己身上，但是当我们说没有了解到什么的时候，这里是否隐含了一点点的期待？好像应该了解到点儿什么才对。我们没有了解到什么，有没有可能我们的了解并没有那么单纯，我们的兴趣并没有那么单纯？如果这样一个所谓的"反推"不是目的导向，而是一种真正的重新去探究、重新去审视我们的探索，那倒也没关系。但是问题可能就出在这种目的性，或者我们这种想要得到什么结果的心思是非常细微、非常深地隐藏在那里的，如果说有什么东西造成了我们没有看到什么，有可能就是这个东西在。

为什么说有时候甚至觉得反推也是有问题的呢？反推好像也是奔着我既然没有看到，所以我是不是有什么东西在那儿，我们去审视或回去看这个探索时，是不是依然奔我要达到什么结果？没达到什么结果，我就回来检讨一下自己、反省一下自己，是不是这里依然有一个目的导向的因素在里面？所以说，这个目的导向真的不是那么容易就能够发现的，或者这种单纯不是那么容易就能够在那个状态里的（当然完全不是刻意做到的）。而如果真是单纯的话，也许看到什么或发现什么，就是很自然的事情。因为你在那种单纯的探索之下，你自然整个人是敏感的、觉醒的、清醒的、警觉的，那发现不了什么反而几乎是小概率事件。这是一方面。

另外一方面，如果真的没有目的或真的有单纯的兴趣，对于结果没有任何期待，那发现不了就发现不了呗，不用评估，也不用确认这个结果是怎样的。就像我们常说的一句话：你只是勤奋打扫，把窗子打开，至于风什么时候吹进来，不用管它，它该吹进来的时候它自己就会吹进来，而不是去规划它什么时候吹进来，或去期待它什么时候吹进来。甚至你可以说，你真的单纯了、别无所求了、不抱任何目的了，那事情也就真的非常简单，看到什么东西也许就非常简单，即使没有看到，你依然会继续去做自己需要做的或该做的工作。

不为了任何东西去做工作，不为了任何东西去打扫，不为了任何东西去探索，当然是真的不为了，而不是骗自己。假装自己不为了，而背后还是有那些小心思，在这件事情上是谁也骗不了的，就是自己有那些心思，那个事情本身其实就会按照实际的样子去呈现，装作没有心思也没有用。但真的没有那个心思，事情就会按照没有心思的样子去发展，我们只要有别的心思，也会让事情按照有心思的脉络去发展，也就是说心思自然会用它的方式呈现出来，其实也不难看到。

我们需要做的也许就是不逃避地面对那种也许隐藏的或残存的心思。包括有同学说的，要确认点儿东西固定下来的，这也是我们在寻求确定性或安全感的一种心思。大家有没有这种体会？当我们想确定什么或者想固定下来什么的时候，虽然有一种踏实的感觉或安全感，但立刻就有一种被钉死或被束缚的那种不自由感，它们几乎是同时的。

（4）如果对探索自我感兴趣，随时都可以观察

问："不知道能不能拿兴趣这个事情来说一下。比如说，我不知道

自己真正感兴趣的是哪些事情，然后当头脑问这个问题时，它就会从过去的那些事情中去找，找以前比较喜欢的那些事情，然后会给出一些点、一些方面。当时可能也觉得这几个点可以去尝试，可是过了几天或一段时间，浮出来的点会不一样或更多。之前提问时给出的答案是那几个，但很多事情可能忘记了，过了几天就浮出来更多，通过这种方式没办法真的去发现感兴趣的事情，因为那个东西好像已经发生了，现在没办法找到一个确定的方面让自己按照确定的答案去做。似乎这里会有一种非常奇怪的感受，就是这种方式好像不能帮助我解决现在遇到的这个问题。"

对于自己、对于了解自我感兴趣，并不是说事先准备好了一些问题或者一些点，然后一直把眼光放在那些问题上。对于了解自我有兴趣，是对于自己身上随时发生着的事情有一种了解的兴趣或者有一种敏感，因为思想的活动（更确切一点就是心理记忆的活动或意象的活动）可能随时随地都在内心或身上上演。我们没有必要说已经存好了几个问题，然后确定下来要去了解它们。

也不是说我们真正感兴趣的那些问题不能作为一个长存的问题，是可以的。如果我们对于一些本质性的问题感兴趣，比如说，"思考者"或者"我"的本质是什么？如果真的对这个问题感兴趣，就不需要把它先整理起来放在一个抽屉里，等到有空时把那抽屉打开、把问题拿出来，而是说，如果对于这种可以叫作本质性的问题真的感兴趣，也许随时都在探究它、追究它。

而且本质性的问题，"我"或者"思考者"是什么，它随时都在我们自己身上在呈现着。当我的"自我感"开始发作时，或情绪又开始发作时，它和我们探究的所谓"根本问题"就不是两个问题，它们就是一个问题。根本问题它就体现在我们身上随时发生的心理反应或心理活动上，我们真的对自己感兴趣，就会对自己身上发生的每一个反应或每一个思想活动感兴趣。如果有那么一点空间，我们就开始探索了，而不用专门定下时间或专门定下主题去了解它。

上面同学说的方式好像还是比较传统的那种方式，就像我们在学习或者在做什么事情，要先定下一个框架或一个规划，然后按照定下的规划或计划去执行。哪怕这个计划很简单，就有几个确定下来比较感兴趣的问题点，但好像依然是一种在设计或者在头脑规划下的方式（是不是这种方式需要亲自去看一看）。

（5）规划好的兴趣本质上依旧是脱离现实

问："刚才大家聊的是在一个大的范畴或维度上在讲能量。我就刚好自己也遇到这个有关兴趣的问题，好像能量就是一个小小的方面，所以提出来。像 Sue 说的，在看的过程中，好像觉得头脑或者思想很想要先行的感觉，就是想要确定下来，然后去做，还是在这样的一个模式中。这样事先就给自己找到一个点的模式，当真正进入日常生活中是会有矛盾的，在生活里，每天的发生事情并不是事先规划好的那个样子，所以感觉还是挺矛盾的。"

Sue：感觉就是头脑定下了一个可以叫作"脱离现实的问题"，为什么叫"脱离现实"呢？就是因为和生活对不上，和生活是有距离的或隔着的，所以它好像变成了一个理论性的问题，或者是一个不接地气的问题，或者是比较抽象的问题。

就像前面有几个同学也提到了，我们唯一的入手点就是自己的现实生活，或者说更近的就是那些内心活动、自己身上的反应，这些是最一手的素材，它里面真的可以说直接蕴含着非常本质的问题，或者是结构性、机制类的问题。

如果我们真的有兴趣去看、去追究的话，或者真的感兴趣一些比较宏大的问题，也可以从我们每一个细微的或者具体的反应里找到它们的蛛丝马迹，并不是说那些问题真的是分开的。如果我们感觉是分开的，那就意味着我们在某个方面或某些问题上是脱离现实的，而这种所谓对于现实的脱离也许是需要发现的，那也是我们的现实。这种对于现实的脱离，也是我们的某种现实。

（6）认识不一定是评判

问：Sue，我有个问题，比如对另一个人的看法，你说我很懒，似乎你看到了我的某个状态，懒得不想动的样子，而这时你说我很懒，你根据自己对"懒"的状态的认识，就说我很懒。但如果有一天你自身对"懒"的认识发生了变化，再回过头来看到我懒懒的样子，你可能不会以"懒"来评论我。但我的那个状态似乎还是原来的那个状态并没有发生变化，只是你对"懒"的认识发生了变化，然后你对我的评价也发生了变化。这里面是不是其实我们根本不了解被我们称为"懒"的状态的根本样子，也并不了解另一个人，只是对"懒"的认识发生了某种变化。

Sue：不是特别明白你的问题。

问：这个问题的确是有点没说清楚，但我的确在观察或在思考这个问题。

Sue：其实我们有时候看到一件事情，然后说一句话，首先可能就是一个认识，

但是这个认识不一定是个评判，只是把自己感受到的东西说了出来。但是感觉你说的那个问题，"我说你懒"就是在评判或评价，说你不好或者是带着某种负面的意味在其中，但是也许有时候也不一定是这个意思，就是看你懒，比如懒洋洋地躺在沙发上。

不知道你说的"懒"是什么，假设的问题我不知道该怎么来回应，也许他只是说自己发现的这个事情当中的一个因素，也没有给你盖棺定论或是给你戴什么帽子之类的。所以说，毫无疑问，我们对于事情的认识的变化会直接让评价或说法发生变化，但是你这样一个假设性的问题，我不知道怎么回应才好。

甚至有时候，比如说我在家里面说我闺女："你这个懒蛋！你饭吃完了，碗都不收。"即使这样说她，我也没有带着责怪的语气，反而你甚至会觉得我是带着一种很有爱或者是很宠溺（用"宠溺"这个词也不太恰当）的语气，反正说出去没有责怪，然后接收到的反应可能是会假装撅一下嘴之类的，也不会怎样。

（7）吸引力法则是怎么回事？

问：老师……

Sue：不要叫老师，哈。

问：我有一个问题，但是和今天的主题不是太相关，可以提吗？

Sue：可以。

问：吸引力法则显化这一个层面和因果这个层面哪个更高，哪个服从于哪个呢？还有，开悟了以后是不是心想事成的，或者是可以显化任何东西呢？

Sue：你没有发现，这个问题很大程度上是一个理论性或者假设性的问题？比如说，所谓"开悟"并不是自己现实的状态，为什么要问这样的一个问题呢？

问：是的，就是好奇。因为看有些地方就讲到这些，还有开悟的人写的书上面讲到。

Sue：这种问题放到今天咱们讲的内容里，可以说就是一个浪费能量的问题，因为它是一个脱离现实的问题，我们的很多能量都是在这种对于脱离现实的问题的思考以及追究当中浪费掉的。当然这里也包含了对于某种境界的向往，或者是被头脑设定的某种倾向带走了。

问：是的，这个问题是出自"小我"和头脑，是脱离于此时此地的一个问题。

Sue：也不用这样快地给结论或给一个说法，哪怕刚才你自己说这是一个"小我"的问题，一个脱离实际的问题。如果这句话是你自己真实的体会，不是随随便便说的一句正确的话，而是很认真地在说出来：刚才那句话是出自"小我"的，它是脱离现实的，那么所有类似的问题你都不会再提出，或者都不会再去思考。

有时候你不提出来，可能自己天天在那儿琢磨或者到处去找资料、找答案，面对这样一个问题，如果你刚才说的那个话是真实的、是负责任的，认为它是脱离现实的、它是出自"小我"的，那么你就会完全停止在这个方向上的任何追究和寻找。

你刚才还问到了一个关于吸引力法则的问题，这个问题可以简单地说（我们之前讨论时已经说到了），吸引力法则其实完全是头脑的一个把戏，或者是一个一厢情愿的总结。吸引力法则其实完全是头脑把它的注意力放在了什么地方，于是它就注意到那个东西总会出现，是因为头脑一厢情愿的方向就决定了它总会看到什么。那个方向实际上塑造了、限制了它看到的东西。或者说头脑想要得到的，并不是我们真正需要的，头脑投射注意力的方向并不是生命本身的需要，而只是头脑一厢情愿的希望。

吸引力法则的本质其实只是这个，所谓的"心想事成"只是头脑一厢情愿的妄想而已。比如说我们所有人都抱持着"自我"或者一种"人我分离"的感觉在活着，这就像一个信念一样存在着，这是每个人脑子里都有的一个想法。在这个想法主宰或控制之下，于是就有了人与人之间的冲突，或者各种痛苦，这听起来好像和吸引力法则所宣扬、所倡导的完全不一样，但这就是人的观念或脑子里的思想、意象对于整个人类的塑造作用。

从另外一个角度来讲，不知道是不是可以叫作"吸引力法则"，其实不是吸引力法则，而是直接的塑造。那就是人脑子里抱持着什么样的信念，信念显化成现实，就是那个信念对于现实的塑造作用，人脑子里或心里抱持的东西本质是冲突，那么显化在外在就会是冲突。而吸引力法则里，比如说"心想事成"，它希望事情是自己希望的那个样子，那这个希望依然是一个意象，依然是一个本质是冲突或者是败坏的想法，那么它的作用只会是把它本质败坏或者冲突的核心因素显化在外在，不可能是真的"心想事成"。

换一个听起来更加骇人听闻的说法（我们其他的时候会讨论到）：

无论是希望、还是理想、还是愿景，它其实本身就是地狱，它根本不是什么好东西。

（8）"应该"和"欣然接受"背后意味着什么？

问：所以我们应该欣然地接受如实的存在。

Sue：什么叫"应该"？什么叫"欣然接受"？

问：就是接受所有的现实，接受每一个当下的现实。

Sue：没有"应该"，好吧？也没有"接受"。在"应该"和"接受"里，本身就包含了冲突，明白吗？我们需要不带任何倾向或者不带任何动机、目的地去了解，而这个了解既不是"应该接受"，也不是"要接受"。

之前说过，"接受"这个词里其实就包含了抗拒，如果你对一个事情完全没有抗拒，就不存在接受的问题。你只是去看它、去了解它、去触摸它、去拥抱它，根本就不需要告诉自己去接受，或者对自己说我应该接受（我们的用词里其实就反映了很多）。告诉自己去接受或者应该怎样，这里就已经被头脑里预设的想法带走或控制了，这就已经不是真正地去了解、去观察、去探索了。

就像刚刚有同学问到的，我应该去关心我感兴趣的问题，然后列了几个我感兴趣的问题，结果实际上在生活里不会完全真诚地、自发地去关心这个问题，只有那些"应该"（我觉得这几个问题我应该要感兴趣，我要去研究，就完全变成了"应该"），而不是真诚的、自发的兴趣。所有的"应该"，其实反而是冲突的来源，所有让自己去接受的东西反而里面隐含了抗拒。真的需要警惕自己每一个想法里面所包含的意味。而这个"意味"恰恰可能就是带来我们的内心冲突或痛苦的东西，而不是说觉得它没有问题，这真的是需要某种警惕。

问：好的，我明白了。

（9）什么是对生命真正的负责？

问：刚才提到的一个问题，对自己负责，有负责任的态度，然后去了解、去看心里积累的一些事情。就在这个时候，对自己要负责，这个很容易变成一个想法："我要对自己负责"。如果对自己负责是出于一种想法，它就变成了一个目的、一个动机、一个要求，这样的话，它实际上就变成了在思想框架下的这么一种行为。所以，对自己负责，有时可能要去品一下，在这里是不是真的有一种对自己的关心在里面。我刚才在想这个问题，你真的对自己的这种现状，还有就是对你刚才说到的这种低消耗（就是长期在运作的这样一个状态）的这种警觉，想要去了解的这种关心在的话，可能它就上升到了一种热情。然后用这样的一个状态去探索，可能比较恰当。所以你说的"微妙"，我就在想，就是这个微妙吧，它是一种想法驱使下的还是真的有一种真正的关心在，然后它就会有不同的道路、不同的状态，是不是这样？

Sue：对。有时候我们说，你难道不爱惜自己的生命吗？但是有时候说惜命，可能又会变成另外一个极端，就是各种神经质。但是有时候说对生命负责，真的就是这个味道：你不爱惜自己的生命吗？当然其实大部分人真的是不爱惜自己的生命，要么就糟蹋身体，要么就暴饮暴食，或者是抽烟喝酒之类的。

但是，作为一个生命，首先是个生命，然后才是个人。爱惜生命不是生命的一个本能吗？说到能量或者精气神，比如有时候看花花和小白（猫和狗的名字），它的碗里永远都有水，盆里永远都有食，但是它从来都不会多吃、多喝，它在需要的时候就去喝，需要的时候去吃，需要的时候睡觉。它醒着的时候，哪怕动作很慢，你也能感受到它身上有一种精神抖擞的生命力焕发的感觉，就是一个生命，它首要的本能不就是要好好活着吗？怎么对于人类来讲，就变成了一种额外的奢望或者是要求了呢？这很奇怪的，或者说大部分人真的是不爱惜自己的生命，或者起码是不爱惜自己的身体,对于伤害自己身体的事情,真的是麻木无感的,难道还不如花花和小白吗?

问:在这个里面就存在了一种思想驱动和生命真正的需求方面的矛盾。比如现在上班是996那样的一个状态,要求如此大的一个工作量时,他就会先放弃自己生命上的需求,可能已经很困了,需要休息了,但是在那个制度下大家都在拼命工作,他提前走了反而很不对劲。一个制度或大的思想方面的驱动,它就促使你没有办法去做出一个相对正确的选择。

Sue:还是说思想的这种禁锢作用和观念的这种限制作用就已经盖过了生命的需要,对吧?

问:某种程度上这也是一个对能量损耗的例子,是吧?一个极大地消耗能量的例子。

Sue:对呀,毫无疑问呀!甚至这两天和朋友讨论,说如果一件事情你非常热衷、非常喜欢,然后几乎是全情投入地在做这件非常热衷的事情,但是如果忽略了身体健康的需要,那么这种热衷其实就需要打个问号了。它是生命的需要吗?还只是头脑的需要,变成了一种欲望驱使之下的沉溺?

换一个非常世俗的角度来讲,你真的把那个事情做好,那也需要好的身体,才有持续的基础或条件把你真正热爱的事情做好。你还没有做好身体就垮了,你是真的热爱你做的那个事情吗?这点基本的理智都没有吗?

所以,我们究竟是爱自己、爱身体、爱健康、爱生命,还只是满足头脑?或者只是头脑里边的欲求在主导?刚才说的还是特别自发地、一门心思地去做一件事情,更不用说那种所谓的"被迫"了,这里的冲突或危害就更不用说了。所以说,这种非常单纯的责任或兴趣,确实不是那么容易的东西，虽然听起来很简单。怎么说呢？大家都机灵起来吧。

（10）思想的确认会成为障碍

问：刚才 R 同学谈到，思想总想确认一些什么的时候，我觉得她可能是不是还想表达一种，当你试着去了解和观察一些事情时，想去感受一些事情时，思想它会非常快速和无意识地就想要去确定、想要去固定？她是不是也想要表达，这样的一种强大的惯性是你没有办法去遏制的？然后这种快速地要确定、要固定就变成一种障碍，也不是一时能够怎么样的，是不是她有想表达这样的一种意味在？

R：和你说的差不多，惯性的方式，比如出现一个问题，我刚才说的是兴趣，想看自己真正感兴趣的是什么，然后头脑就到过去发生的记忆当中去寻找一个答案。这种方式想要确定一些东西，然后好让自己可以根据确定的答案去行动。但这个方式，当第二天或者接下来的生活中我发现给自己的确定答案似乎无法在日常生活中实行。生活中发生了什么我就得去做什么，而不是我给了自己一个答案，根据那个答案去执行，体会下来就会有这样的一种感觉。

问：是不是有一种随时不断在流动变化，计划赶不上变化的那种感觉？

R：对，生活似乎就是会发生什么，我们都可以在那个情况下去做一些事情，但是有另一个动力，好像它就是容易想去确定一些方向。刚才你提到的，比如说我们有时候做一件事情时，刚开始可能也是有兴趣的，但是后来就变成了目标、制度、结果更重要了，于是就忽略了很多其他的，比如健康等等我们真正需要去照顾的一些方面，最近也是在看这个过程。

问：好的，明白。

Sue：如果我们还有这种惯性，有这种固定下来、确定下来的需要，那就直接看这种需要，那是我们最近的现实，也是最需要了解的。

十一、"Sue 説"视频号开篇

这是"Sue 説"正式发布的第一条视频内容。

这次我们先不谈平时所探讨的那些问题或主题，比如关系、情绪、思想、自我、世事无常、万物一体，而是我们只是先简单说说"Sue 説"的宗旨或者立意。

"Sue 説"的所有内容，无论是视频、音频还是文字，都不是给大家提供娱乐或消遣的，所谈的都是非常重大的、事关生命品质或者起码是生活品质的一些重大问题。即使不用"严肃"这个词，起码也是非常认真地在对待这些问题的。因为我们不希望这么宝贵的生命就这样浑浑噩噩、不知不觉地浪费下去，而且也许不只是浪费，我们可能给自己或者给彼此都在不知不觉地造成很大、很多的伤害或痛苦。

"Sue 説"的主要内容就是和大家一起来探讨、了解这些事关人生重大问题的事实或者真相是什么。看清了这些问题的事实或真相，我们

2022-02-26'

才有可能活得清醒、活得自在、活得自由、活得智慧，这是"Sue 说"的主要内容。

既然我们要一起来探究、来看这些事实或真相是什么，那么接下来非常重要的一点就是对于 Sue 说的话或者"Sue 说"里的内容，请大家不要拒绝，也不要接受或者相信，因为任何的拒绝、接受或者相信都会直接妨碍对那些事实真相的看到。我们也许听了一些话觉得很有道理，就接受了下来，但是听了很多道理依然过不好这一生，所以道理是没有用的，道理甚至是妨碍我们看到事实的一个非常大的障碍。

既然对于这里所说的内容，既不需要接受，也不需要相信，那么在说话的这个人也并不重要，她是谁不重要，甚至她说了什么也不重要，而是她说的那些问题的事实和真相究竟是怎样的，而这个事实或真相是需要每个人自己亲自看清的，重要的是亲自看清。

十二、钥匙就在你手里

2022-2-26

首先，"Sue 说"的所有内容不是来供大家娱乐或者消遣的，而是大家也许会发现或者可能已经发现了我们探讨的那些内容，很多时候会显得比较严肃，有时候甚至可以称得上有些沉重。

因为大家可能已经感受到了人世间普遍存在的悲伤或痛苦，当然也包括如今层出不穷的那些让我们瞠目结舌的社会热点事件，或者可以叫作恶性事件时有发生，当然战争也在进行，比如现在进行的俄乌战争，这是我们人类共同面临的问题。这些让我们匪夷所思的，无论是战争还是恶性事件的出现，就好像人类现在走在了一条危机重重的不归路上，而扭转这个局势或者能够让人类重新回到正轨上的钥匙或关键，并不在什么有权有势的人物手里，而是就在我们每个人手里。

"钥匙"，说得简单一点，就是我们需要（甚至可以叫作"不得不"）必须深入了解自身，了解自己身上运作的所有的事情背后所隐藏的事实或者深层的真相，从自己每个人身上根除造成世界上的纷争及痛苦的根源，这样才有可能扭转这个世界走向毁灭的趋势。

所以，"Sue 说"的内容就是在探讨这些日常生活中每个人都非常熟悉的现象背后所隐藏的奥秘，有什么样的真相在背后，而看清

这些真相就是我们每个人生而为人的使命，也是"Sue 说"探讨的主要内容。

好，今天主要的内容就讲到这儿，在接下来的视频里，大家想了解或者是想听哪方面的主题或内容，可以在视频下方留言、评论或者发送弹幕，这样我们就有机会在以后的视频里涉及那方面的内容。

十三、战争的种子

2022-02-27

自从前几天俄罗斯出兵乌克兰，世界上一片声讨的声音，一片反战的声音。但是我们有没有认真地思考过，战争的种子究竟是从哪里萌发出来的？

有没有发现，无论我们口头上多么地拥护和平、反对战争，但是内心里实际上是一个坚定的、甚至是狂热的战争拥护者。当我们热衷于争名逐利、争强好胜，当我们在各个层面上以各种方式在各个领域与别人竞争，为的是满足自己的虚荣心或者维护甚至是扩大自我中心的利益，这不就是在随时与别人开战吗？我们不就是在随时引发一场场虽然隐形而且微型，但是实质本身就是战争的行为吗？

雪崩之下没有一片雪花是无辜的，所有这种大规模的战争都是每个人内心小小的战争种子累积而成的必然结果。况且我们不只是随时在与别人开战，同时也在与自己开战。当内心充满了互相矛盾的各种想法，充满了各种欲望，实际上我们就是在与自己开战，与自己的生命在开战。

所以战争真正的种子在哪里？在外面吗？还是就在我们每个人自己的心里？

十四、把人"物化"

2022-2-28

这次我们从前段时间的一个热搜事件开始讲，但是今天不讲具体的事件本身，也不是要为里面所有的行径进行谴责或辩护，而只是说说那些行为当中所包含的一个核心要素，也就是把人"物化"的行为。

什么叫把人"物化"？举个例子，比如把人当成一块木头，肆意地、任意地把那块木头修理成自己希望或想要的样子，那就是把人"物化"的过程。当然，这个过程当中就存在着巨大的伤害以及暴力，但是在我们平常的生活中，是不是同样也存在这样一种行为，也就是把人"物化"的行为？

比如在关系里，有时候会对自己的配偶、爱人或者自己的孩子说这样一句话："你的一切都是我的。"当你听到这句话时是什么感觉？是觉得甜蜜还是觉得不寒而栗？一个活生生的人是可以被占有的吗？所有的占有和属于（当然主要说的是对人的占有和属于），是不是里面不可避免地包含着把这个人"物化"的一种倾向或做法，而人真的是可以被占有的吗？

不用说人，一个物品难道真的是可以被占有的吗？还是说，占有完全是头脑总结出来的一个隶属关系，而这种关系完全是一种不符合事实的抽象，甚至可以说是一种幻觉。

今天就把这个问题留在这里，无论是什么，当然也包括人，真的可以被占有吗？当你占有什么人，是不是就把他／她当成东西来对待了？把他／她"物化"了。

十五、普遍联系，万物一体

2022-3-1

　　这个世界的本质或最底层的事实、最根本的真相是世事无常，普遍联系，万物一体。那么无论是个人之间的争执，还是群体之间的冲突，又或者国与国之间的征战，是在看不到、感受不到这些最根本的事实或者真相，陷入了一个分离的幻觉才会产生的行为。

　　那么违背了这个世界最根本的事实或者真相，陷入幻觉里的行为，怎么可能是正确的？

十六、娱乐的惯性

2022-3-1

这几天讲的都是比较严肃的话题，今天我们就讲一点稍微轻松一些的内容，也是刚刚新近发生的一件小事情分享给大家。

因为开了短视频，有朋友就建议我去抖音上也开个账号，毕竟那是一个非常主流的短视频平台。我本来连抖音都没有用过、没有下载过的，于是就去下了一个，发了几个视频在那里，其中有一个视频，本身也是非常严肃的主题，叫"战争的种子"。

但是在录视频时，我一开始并没有直接说话，先是看向了窗外的天空，就是有一点儿仰视，甚至看起来有点翻白眼儿。当时有几秒钟保持那样一个表情和那样的动作，没有说话，几秒钟之后我才把目光收回来，看着手机的镜头开始分享。

但是那么几秒钟可能在短视频流行的时代，大家都特别地不适应，就有一点儿着急，说："为什么还不开始说话？为什么还没有开始你的表演？"当然我们在这里分享的一切都不是表演，而且也基本上没有什么规划，大部分都是即兴说出的内容分享给大家。

有一位朋友看到视频的开篇有几秒钟没有说话，表情也有点奇怪，就在上面评论了一句说："反射弧那么长。"这是一个网络用语，就是看起来怎么那么呆，怎么那么迟钝。

这一点也很有趣，它其实反映了我们在这个短视频为王的时代，我们急吼吼地要迅速地得到满足的那种惯性和期待。凡是这样的满足没有快速地出现或者达成，我们就会变得焦躁、变得不安、变得不耐烦。至于为什么会这样，其实不难理解，也不用多说，但是这样一个现状大家不觉得很奇怪吗？而且大家不觉得这是一种深深地、紧紧地被什么东西控制的状态吗？

难道大家不好奇这种控制究竟是从哪里来的、怎么产生的，以及我们是被什么控制了吗？还是大家宁愿就这样糊里糊涂地一直受控下去，像被上了发条一样驱使着，急吼吼地向前冲去、向前赶而无所谓，就这样一生被驱赶就可以了？还是大家想要清醒一点，明白自己的行为究竟是什么在背后做推动的？这种惯性它的本质是什么？

十七、看戏心态

2022-8-2

最近大家可能从各个渠道经常会看到这样的文章或言论，比如俄乌大瓜即将出现，或者再往前几天，就是某县事件的第几波大戏即将上演，一个个看客的姿态跃然纸上，看戏时那种兴奋期待，甚至紧张刺激的感觉简直溢于言表。看到这些，不知道大家是不是感受到一股深深的悲哀，他人的苦难，他人实实在在经历着的苦难，是给我们提供娱乐消遣的谈资或素材吗？

当我们对那些事件加以评说和谈论，从中获得某种存在感或自我的价值感、自我的重要感的时候；当我们站在道德的制高点，或者依据某些价值标准，对于事件中的某方进行谴责或者抨击，从而获得某种义正词严的正确感和正义感的时候；当我们四处搬弄着信息泥沼中那些完全未经证实的信息泥巴，从而满足了自己的某种心理需要，甚至实现了某些物质利益的时候，我们不就是在吃人血馒头吗？

更不用说，当我们保持强硬的观点，于是对与我们意见相左或者不符合我们期待的人进行抨击、指责甚至谩骂的时候，我们不就是在实施着赤裸裸的暴力吗？

所以，这也许是最具讽刺意味的事情：当我们谴责事件中受害者所受的那些暴力、谴责那些施暴者的时候，我们正在施行着本质上没有什么两样、完全相同的暴力。

那么，归根究底，暴力的来源究竟在哪里呢？

十八、暴力的根源

2022-3-3

暴力到底是从哪里来的呢？即便没有显化成外在的暴力行为，或者演化成暴力的言语，暴力的根源究竟是什么？

当我们对发生的一件事情产生了看法，或者对所见所闻抱了某种倾向，比如迎拒或者好恶，或者当对见到的一切人、事、物产生了某种心理上的距离时，在这种倾向或者这种距离里，就有一把我们拉离唯一真实的此刻、拉离现实或者拉离事实的一种力，这种力让我们逃开了、避开了唯一的事实和现实，那么这股力本身就是暴力。

为什么这么说？因为在这种拉力当中，我们瞬间就被从一个真实的世界（也就是唯一真实的瞬间、此刻）拉离到了一个并不真实的世界里，也就是头脑或者思想所构建的世界里。也就是说，在这一瞬间就实现了、发生了某种从真实到虚幻的转换，而活在幻觉里，你不可能是真正喜悦或者幸福的，也许会有一些虚幻的快感，但那不是真实的喜悦或幸福。而且在这一瞬间，我们立刻就会产生一种不满或者一种欲望，或者需要填平的某种心理需要。而这个坑洞，就是造成生命或者生活空虚最主要的来源。

为什么说这种力是一种暴力？是因为本来当我们直面事实，对于所见到的一切直接面对，没有抱有任何看法，直接活在此刻这个瞬间时，我们是可以活在天堂里的，活在至福里的，活在一种无以言说的喜悦里的，而这样一种脱离或者本质上是暴力的脱离，就一下子让我们从天堂坠落了。

十九、两大幻觉

　　幻觉所包括的可能远远超过了我们通常所以为的范畴，比如服用了致幻剂，或者不小心误食了某些有毒的蘑菇所出现的那种幻觉。又比如做梦时梦境里出现的那些情景，可以说那是某种幻觉；又比如"海市蜃楼"，这种基于光学成像的原理而形成的某种错觉，我们也可以把它叫作"幻觉"。

　　但是幻觉所包含的范畴可能远远超出了这些，可以说幻觉的主要形式或者主要内容，就大量的存在于我们的日常生活中。我们之前曾经说到过，这个世界的本质或者最基本的事实是"世事无常"和"普遍联系，万物一体"。那么，当我们希望事情如我们所愿，或者希望事情是固定不变的，是恒常的，那么这样的一个希望或愿望，因为违背了世事无常（也就是说，世界上具体的事物没有什么是固定不变的）这样一个基本的事实或真相，所以那些愿望或者期待，

2022-3-4

本质上就是一种幻想或妄想，所以那是一种幻觉。

另外一个最基本的事实就是万物互联，比如我们通常所抱持的那种分离感，以及因为固守这种分离感，让它支配了我们的关系或生活，那么，固执的、心理上的分离感以及心理上的距离感，因为不符合万物互联这样一个最基本的事实，所以可以说也是一个幻觉。

这里主要说的是两种比较大的幻觉，但是即便这么明显的两个并不符合事实的认识，我们其实也很难特别直观地、特别直接地体会到它们本身就是幻觉。更不用说，基于这两个最大的幻觉，我们生活里有不计其数、多如牛毛的它们的变形或变种，本质上也是幻觉的东西，它支配着我们的生活，至于那些细节或者是具体的、小小的、所谓的"错觉"或者"幻觉"是什么，我们下次再讲。

二十、林林总总的幻觉

2022-3-7

我们日常生活中大面积存在的幻觉有哪些呢？

在举具体例子之前，先概括地说一下，所有偏离或违背事实的，无论是根本的事实，还是具体的事实、现实，所有违背它们的认识、看法、观点，还有期待，可以说都是幻觉。还有我们对于过去经历的所有人、事、物留下的所有带有倾向的或者带有色彩的、固化的、固守的那些记忆印象，当然也包括认识，观点，看法，那些也都属于幻觉。

在说它们为什么属于幻觉之前，我们需要先把另外一部分内容排除在外，虽然那些内容本质上也是抽象的、符号化的，或者说本质上并不真实的东西，但是那类符号化的内容是我们生活所需要的，或者沟通交流所需要的必要工具，比如说语言文字或者便利我们生活的一些必要的技术知识、事实记忆。虽然那部分内容也并不属于真实的范畴，也属于抽象的符号的范畴，但是由于它们的工具属性或它们属于工具范畴，所以我们暂且不把它叫作"幻觉"。

大家可能从刚才说属于幻觉的那一类内容里面，已经听到了一个非常关键的词，就是要么偏离现实和事实，要么是带有倾向或者带有某些感情色彩。可以说，被称作"幻觉"的内容，它具有这样一种偏离的特

性或者具有某种方向性，因为这种偏离的特性以及这种感情色彩或褒贬好恶的倾向，那么它就已经跑到了我们的心理层面，实际上是属于我们心理上的认识或知识这个范畴，而这类东西可以通通叫作"幻觉"。

接下来举一个具体例子，比如英语里边有一句谚语叫作"不要为打翻的牛奶哭泣"（Don't cry over spilled milk 或者 It's no use crying over spilled milk）。在这里有什么是属于幻觉的范畴？为打翻的牛奶哭泣，这里最初唯一的事实就是牛奶打翻了，打翻的牛奶是一个唯一存在的事实，而为什么我们会为打翻的牛奶哭泣？就是因为我们不希望牛奶打翻，抱有一个异于现实的期待，那就是牛奶不应该被打翻。

二十一、林林总总的幻觉（续）

2022-8-9

为打翻的牛奶哭泣，是在被某个幻觉控制之下才会产生的反应，什么是幻觉？什么是这里面存在的幻觉？

就是我们对牛奶被打翻了这件事情有了一个看法，当然是负面的看法，也就是说牛奶被打翻是不好、不对、不应该的事情。那么在这个看法之下，我们才会起了为它哭泣或者感觉懊恼的一个反应。而当牛奶被打翻了，这就是唯一的事实，而我们对于这件事情的看法就属于幻觉范畴了。也就是说，我们异于现实的一个看法，本身是属于一个虚幻的范畴的脑子里的内容，在它的控制之下，我们才会起了哭泣、懊恼或者生气的反应。

而这个看法当中还包含着什么呢？它也必定包含着我们对于事情的一个期待。也就是说，我们不希望牛奶被打翻，我们的期待是牛奶被好好地放好，而这个期待就隐含在

我们对所有事情的看法里。从本质上讲，看法和期待实际上是一回事儿，或者说看法是在期待存在的情况下才会产生的一个想法。

所以说，在这个例子中，支配我们做出反应的实际上是异于现实的对于事情的一个评判、一个评价、一个看法以及当中所包含的期待，它们都属于幻觉范畴。

说到这儿，大家可能会发现生活中随时或随处可能都存在着对于事情的看法以及事情的看法当中所包含的期待，而这些可以说都属于幻觉。这些幻觉的运行以及控制我们的反应，实际上大量地浪费了我们的能量，就像那句谚语里说的，为打翻的牛奶哭泣是没有用的。既然没有用，但我们还依然为它哭泣，为它生气，为它起反应的时候，其实就是在浪费我们的能量，浪费我们的生命力。这也是造成了世间所有的痛苦和冲突的最主要的来源之一，那就是我们被属于虚幻范畴的看法以及期待（也就是"应该、不应该"）这类东西所控制，于是引发了反应，产生了痛苦、带来了冲突，浪费了我们的能量。

当我们对发生的任何事情都不抱有任何看法的时候，活在唯一的真实里的时候，我们是可以处在巨大的喜悦当中的。

二十二、更难识破的幻觉

2022-3-9

诸如"应该、不应该、期待"还有包括评判在内的各类看法，这类所谓的"幻觉"，虽然大多数人依然深陷其中，但是相对来说它们还是比较容易被发现的，毕竟它们有明显的违背事实或者偏离现实、异于现实的这样一个特质。

但是，还有另外一类幻觉更难发现，因为它们看起来或者它们的表述听起来是与事实相符的。比如说，我们经常说的一句话叫"世事无常"，这句话好像是在表达一个颠扑不灭的真理或者一个根本的事实，但是当我们说出这句话的时候，却依然保持着固有的期待，或者保持着固执的、希望事情恒常不变的这样一个愿望的时候，那么我们说出的"世事无常"这句话，它就不是在反映我们一个真实的认识状态。也就是说，这句话听起来无论多么正确，都不是我们实际状态的一个反映，它只能算是一个道理，甚至可以说是一个没有什么用的道理，因为我们依旧固执、依旧期待、依旧希望事情恒常。

所以，说得好听一点儿，这句话是一句道理，说得不好听一点儿或者说得严厉一点儿，这就是一句自欺欺人的谎言，因为它并不是我们真实的认识，或者说我们并没有真的看到"世事无常"这个事实或者真相。那么，我们也许就没有办法说出"世事无常"这样一句话，因为那不是我们真真切切的一个认识或者是看到。所以说，当我们认同了"世事无常"这句话，实际上在一定程度上也是活在了某个幻觉里，这个幻觉就是：我们以为看到了事实或者看到了这个真相，但是实际上并没有。

另外一个类似的例子，就是当我们说着"人类的意识是一个整体"，或者"你就是世界，你就是全人类"的时候，但我们依然抱持着分离感在生活，抱持着"你、我、自、他"的分离感在生活，于是，心理上的距离感依然在，人与人之间的对立和冲突依然在。那说出"你就是全世界，你就是全人类"这样一句话，其实就是一句自欺欺人的谎言，因为我们并没有真的看到这个事实。

所以说，这样一个听起来没有问题的道理，实际上是把我们蒙蔽起来的一个更加顽固或更加难以察觉的幻觉。因为我们以为看到了事实，就不会再去重新审视是不是真的"世事无常"，是不是真的"你就是世界，你就是全人类"了，它起到了一个更大的蒙蔽作用。所以，我们说它是另外一种更难察觉的幻觉。

二十三、两大幻觉，系出同源

2022-3-18

人类抱持的最主要的两种幻觉，一个是与"世事无常"这个根本事实相违背的，希望事情恒常不变，或者希望事情如己所愿的这样一种期待，这是第一种主要的幻觉。第二种幻觉是违背了"普遍联系、万物一体"这个根本事实的分离感，或者叫作"自我感"，也就是与人、与事、与周围一切之间的这种距离感，一种分开的感觉。

第一种幻觉是希望事情恒常不变或者如己所愿，而这个愿望恰恰是从一个非常狭隘、非常局限、以个人为中心的个体视角才会产生的幻想或者是妄想，所以第一种幻觉的核心恰恰是第二种幻觉的一种体现，也就是说希望事情恒常不变，是"自我""一个意识的个体"或者"一个意识的主体"才会产生的希望或者是幻想。

所以说第一种幻觉和第二种幻觉实际上是系出同源，它们都是出自分离的个体视角才会有的妄想。

二十四、符号并非事物本身

2022-3-30

符号并非事物本身，或者说词语并非它所指的具体的、真实的事物本身，是日常生活中另外一个举足轻重或至关重大的根本事实。

举个具体的例子，那就是"山"这个字不是那座真实的山本身，或者说"门"这个词并不是那扇真实的门本身，或者说"手"并不是这只真实的手本身，也就是说"手、山、门"这几个词或者这几个字，只是用来指代具体的真实的事物本身的一个抽象的符号，而

这些抽象的符号只存在于人的脑子里或者人的意识里，或者我们的脑细胞里。

换句话说，我们的意识里或者脑细胞里存储的只有抽象的符号，因为毕竟一扇真实的门是没有办法装进头脑里的，否则头脑会被撑爆的，意识里或脑细胞里只能装得下抽象的符号，或者说它们装的所有内容都只是抽象的符号。

同样，也属于抽象符号类的东西，除了这些简单的字词或者基本的概念之外，还有哪些呢？那就是脑子里面装的所有的内容，也就是所有的记忆、知识、经验，还有包括观念、看法，当然也包括理想、愿景、希望、期待等等之类。也就是说，所有思想类的东西是装在脑子里的，那么所有思想类的东西，它的本质依然是抽象的符号，和"门"这个词或者"山"这个词本质上没有任何的区别。当然这些符号也可以被写在纸上或者印在书上，但无论如何，写在纸上的符号或者印在书上的字，依然不是它所指代的事物或者事物本身，它依然是属于符号类的东西，是抽象的，对于真实的、实际的实物或事物而言，它的本质可以说就是虚幻的、抽象的。

当这些符号只是作为我们平时交流沟通的工具，只是一个指代用词的话，它就在它恰当的位置上，就没有越位。但是当这些符号当中出现了好恶的倾向或者情感色彩，它就不仅仅是一个工具的作用了，而是开始塑造我们的感受、影响我们的关系。这个时候它已经从工具的地位上越位了，也就是越到了一个（跑到了一个）本来不该属于它的范畴，它不该插手或者不该干涉的范畴。也就是当我们的心理上、感受上或者是关系里出现这些好恶倾向或者情感色彩，与此同时，另外一个最具分裂性，也可以说最具破坏性的东西就出现了，那就是"自我"，于是我们这时就陷入了幻觉，所有的冲突和痛苦就都开始了。

二十五、符号的越位

2022-3-31

符号的越位，就是思想的越位，因为毕竟思想就是符号的集合或者思想就是一串串符号的组合。所以，思想的实质或者思想的整体，它本质上依然是符号。

而符号的越位是说它里面具有了某种好恶倾向或者情感色彩，于是开始引发我们的情绪或者感受，比如喜怒哀乐，比如忧愁、嫉妒、怨恨、后悔、愧疚以及种种其他的感受，进而开始塑造或驱动我们的行为。

这时它就已经不再是一个工具了，而是开始变成了命令或者是指令。也就是说，它从一个从属的地位就变成了一个主控的地位，甚至可以说这个符号或者思想的整体就变成了人类的主人，就开始驱动生命、驱动人去做各种各样的事情，这就是它越位的表现。这是一个方面的表达。

换另外一种方式来表达这个越位，就是它作为一种本来是虚拟的，甚至可以叫作虚幻的、抽象的符号，一种非常片段的、信息式的留存开始覆盖事实，甚至开始僭越事实或者是掩盖事实，这个时候它就起到了一种以虚当实或者以假乱真的效果或结果。这种符号或虚拟化的东西挡在了眼前，塞满了头脑，我们就看不见事实是什么了。

就像之前说到"世事是无常的"，这是一个铁的事实，但是当我们内心里面充满了各种期待或者各种希望，其实就是已经在无视"世事无常"这个根本事实了，它就盖过了或者让我们对很多事实已经视而不见了，违背了事实陷入到了某种虚幻的世界里去，可以说，这就是所有的痛苦和苦难的根源之一。

另外，它的越位体现在，本来思想或符号只是从现实世界当中抽取出来的一个非常简略的信息的片段，即使是知识，它对我们在一定程度上是有用的，但它相对于知识的来源来讲（也就是事物本身），也是非常片面、非常破碎的。

我们曾经说过，人类所有知识的总和加在一起都不如一朵小花，意思指的就是，因为它们完全不在同一个范畴，一个是抽象的、非常片段的，甚至可以说是属于虚幻范畴的信息，它完全无法和真实的、具体的、丰富的甚至可以说是无限丰富的事实或者这个世界以及无限的整体生命相提并论，它们完全不在同一个领域，不在同一个范畴，不在同一个层面。当这个非常片段的、非常局限的、非常有限的甚至说破碎、虚幻的东西开始替代事实、掩盖事实，让我们看不见事实时，它不仅仅是越位了，这时我们或者整个人类就陷入到了一个虚幻的世界里，也就是说被思想弥漫和掌控的一个虚拟世界里。

二十六、人类内心世界的几个基本事实

2022-9-16'

今天不长篇大论地讲，而只是花几分钟的时间简要地阐述一下关于人类内心世界的几个基本事实，也是"Sue 说"以及我们平时探索和讨论的核心内容。

接下来的每一句话都是认真说出来的，其中的一字一句都有饱满的意义，但是，由于所有的表达使用的都是陈述句的句式，所以在这里尤其需要拜托大家不要接受，也不要相信，而是自己去亲自搞清楚。好，开始。

1. 人类内心世界的几个基本事实

人世间的所有冲突、痛苦乃至伤害，都是由人们内心抱有的两个最主要的幻觉引起的，其核心是心理时间和心理距离。它们违背了这个世界的两个最根本的事实，那就是世事无常和普遍联系或者万物一体。这两个幻觉表面上看起来不同，实则相通，系出同源。在它们的笼罩下，人的感受被广泛地、深远地塑造着，早已不值得信任，而是需要深刻的质疑。

　　第一个幻觉，是包含在所有超出工具地位、作为指令存在的越位的思想中的"成为什么"，也就是趋乐避苦、趋利避害、寻求安全感以至快感的惯性倾向，也就是各种心理期待、"应该怎样"。希望事情保持恒久或者如己所愿，违背了世事无常这一根本事实。头脑这个一厢情愿的妄想，既包含了从"这"变成"那"所需要的时间，即心理时间，也包含了从"这"到"那"所需要跨越的距离，也就是其中一个意义上的心理距离，而两者都是错觉，也就是说，认为存在心理上的进步，那是幻想。

　　这第一个幻觉的核心，也就是偏离事实或者偏离现实的"成为"，无疑是从一个非常局限、非常狭隘的个人视角发出的倾向，其中就包含了第二个幻觉，那就是：认为意识主体、心理个体或精神实体真实存在的分离感，也就是另一个意义上的心理距离，即人我自他的分别感，这就违背了普遍联系或万物一体这个根本事实。由于过分注重表面上的分开和差异，而再也无法感受到一体。所谓的"自我"或者思考者、观察者、经验者不过是头脑造出的概念，只是思想或者意识中的内容，自我感、个体感、分别感只是这些概念带来的错觉。无论意识能力还是意识内容，全人类都共有、共享、共用同一个。

2. 只有通过独立而自由的观察，才有可能触及真实

这些基本事实，只有在真诚而单纯的没有动机、没有倾向的兴趣和热情下，通过深刻质疑自身的意识内容和感受，对关系中自身的反应过程进行独立而自由的观察，才能直接看到、体会到或者触摸到。这些基本事实，通过分析、推理，通过任何人为的理论体系、方法体系、修行体系都无法触及，因为这些体系的本质正是造成了所有问题、核心是幻觉的越位的思想，它们是人类的敌人，而非帮手。思想的本质是过去，是记忆，是抽象的符号，是陈旧的、僵死的、破碎的、局限的。通过局限，无法触及无限。

触及这些基本事实，看清了所有的幻觉，就意味着所有幻觉的消失，活在真实里，此时才会有真正的爱与美，慈悲与智慧，才能身处喜悦的至福当中，融合无间地存在于就是创造本身的生命里。

3. 问答

（1）关于"万物一体"

有同学问："万物一体是什么意思？"

它其实是和另外一个词"普遍联系"是同一个意思。也就是说，这个世界一个非常底层的事实（或者可以叫作"真相"）是普遍联系，表

面上看起来似乎是分开的、各自独立的这些物体或事情，它们之间其实是紧密地联系在一起的。所有的分开、差异或者独立都是一个非常肤浅的、表层的现象，而从底层或整体来讲，联系才是根本的事实。而且这种联系，它的广度、它的深度远远超出了我们的认识，超出了我们的理解，甚至超出了我们的想象。

也就是说，这整个世界是一个互相联系的整体，从各个层面上来讲都是这样。我们通常所讨论的意识一体，其实只是万物一体当中非常小的一个层面，或者非常小的一个局部。我们人类的整个意识内容是一个整体（"整体"这个词儿也许不太恰当，用"一体"更恰当。因为整体包含着完整，但是人类的意识内容它的本质是破碎的，所以用"整体"这个词并不恰当），是说人类的意识内容首先是一，有时候我们用"一锅粥""一池水""一个水库"或者"同一个海洋"来形容，总之是一个，是一体的。

刚才也提到，人类的意识能力其实也是同一个，共用同一个感知能力或共用同一个感知的方式，只是这个感知方式在这个大千世界上会呈现出来千差万别的不同，而这其实是生命多样性的一个体现。这种不同和差异其实完全无法抹杀人类共用同一个意识能力或感知能力这样一个底层的事实，也无法抹杀这个世界最底层的普遍联系这样一个事实。

刚才主要说，意识内容和意识能力，人类是共用同一个，这还是在说意识这个层面或意识这个角度。即使不说意识、不说心理这个层面，甚至不说人类这个范畴，哪怕说整个物质世界，它其实也是一个整体。所有的事物之间实际上有着千丝万缕的联系，这些联系根本就是切不断的、分不开的，稠密到、深远到一种远远超乎我们想象的程度。所以，简而言之，整个世界万物是一体的，是紧紧地联系在一起的。

好，这个问题暂且先说到这儿，关于这个问题大家有时间可以再去听一下"意识"那个主题分享，里面也会有大量的篇幅讲到这个问题。

（2）越位的思想才是问题

有同学问："思想不是问题，认同、评判、执着于思想才是问题？"

作为工具的思想，处在工具地位的思想，它不会是问题，它是工具嘛！只有变成了指令，也就是说，越位的思想，这个越位的思想里面自然地或必然地就包含了执着、包含了认同、包含了评判。

而执着、认同、评判，不管追求的对象是什么，不管认同的内容是什么，不管评判的内容是什么，这些东西本身依然是思想，我们出于方便可以把它们叫作"越位的思想"。也就是那些已经不在工具地位、开始变得重要、开始变成指令的思想，就是对思想的认同，对思想过度的依靠和依赖，认为思想特别重要，这依然是思想，"认同、依赖、看重"这些本身依然是思想，依然是意识内容。

（3）什么是真正独立的思考？

有同学问："有没有独立思考这回事儿？"

刚才非常简短的概述里其实说到了，对于那些基本事实只能通过独立而且自由的观察来触摸，这个独立而自由的观察其实非常地"关键"，只能用这个词，就是非常地重要。

什么叫"独立而且自由"、而且是"观察"？一会再说思考的问题。"独立而且自由"的意思是，首先"独立"是不受任何东西的影响，不受任何观点、不受任何经验、不受任何知识的影响，完全没有任何东西挡着，或者是完全没有什么东西挂着，完全没有东西可依靠的观察才是独立的、才是自由的。

当然，"自由"其实还有另外一个侧面的含义，就是没有任何所谓的"倾向"（惯性的倾向），就是没有趋乐避苦、没有趋利避害、没有寻求安全感、甚至快感的那些动机、那些倾向，才可能是自由的。换另外一些表达，怎样才是自由的,就是没有对于奖惩的恐惧(当然通常是对于惩罚有恐惧,对奖励有渴望),就是没有奖惩机制的作用,实际上是没有恐惧的。

为什么把独立和自由放在一起?其实它们核心指的是同一个意思,就是没有依赖,没有恐惧,没有奖惩机制的作用,没有趋利避害,没有趋乐避苦,没有"想达成什么""想得到什么",没有任何动机,也没有寻求安全感或者是快感的这种需求,只有在这个情况下才可能发生真正的观察,才可能有独立的思考,真正独立的思考(也许可以用"思考"这个词)。这个"思考"不是根据已有的意识内容进行的思考,而是完全从实际或者从直接触摸到的东西开始进行的思考,而且直接触摸到或者直接看到的东西不会变成意识内容,它不会变成结论。

当我们看到了什么,就形成了一些头脑上的认识或者是一些依据、一些结论,这时继续进行的思考其实已经不独立了,已经有所依附了,有这样的一个凭据(作为存量存在的这样一个凭据)就已经不再独立。所以说,其实用"观察"这个词更恰当。

(4)意识之外的普遍联系还有哪些?

有同学问:"普遍联系方面,意识之外的普遍联系还有哪些内容?"

借助一些比较容易理解的例子来说(这个问题或者这些例子之前也许已经有提到过)。

比如,我们觉得身体上有手指、有皮肤,有个边界,对吧?或者所有的事情、事物,存在的这种物体它都有一个边界,但是这个边界首先它可能来自视觉的一个局限性,对吧?我们只能识别可见光这个范围内的东西,看不到红外线和紫外线之外的东西,我们看到的可见光这个部分会形成一个对于色彩的辨识,然后形成一个边界。但是,这个边界是在我们非常有限的视觉的识别范围内才会形成的,而这个世界其实远远不是人类视觉能够识别的范围所呈现出的那个样子。换句话说,如果我们既能看到红外线，也能看到紫外线，那么，我们之前看到的不管是树叶，还是我们身体的边界可能早就已经不复存在，或者完全是另外一个样子。

我们感觉到的分开是通过边界来确立的，当边界不复存在，或者边界发生一个巨大的扩展或变化，甚至是消融，可能世界本来就是这个样子，没有边界，它本来就是一个整体。边界来自我们，无论是哪个感官，它都有它局限的、特定的一个识别范围，是它带来的边界感或这种分开感。（这些已经讨论过好多次）

这只是说从视觉这个角度，其他的感官其实都是类似的，对吧？声音也是、触觉也是，包括嗅觉、味觉其实都是类似的。包括我们以为相对独立的身体和外界之间是有一个皮肤的边界，但是，实际上所谓"相对独立"的身体，皮肤以里和皮肤之外，时时刻刻都在进行着非常密切的交互或流动，无论是空气还是能量、还是热量的交换。比如体温，比外面的空气高，其实就有一个热传导的过程，这种交互还只是其中可能多少分之一的交互的一个方式或者一个方面，类似的这种交互可能以不计其数的方式在进行着。

所以，简而言之，从各个角度来讲，我们和这个世界，和这个世界中的所有的一切都在进行着非常密切的、非常频繁的、非常深入的、非常广泛的各种形式的交互、流动、联系，这种交互、

流动和联系根本就不是可以用任何方式泾渭分明地分开的。

也就是说，分开其实并不是一个事实，而是联系、交互、整体的运行、流动、流通、融合才是事实。

这个就先不多说了，这个方面的问题在我们谈"意识"这个主题时也有涉及到。

（5）单纯观察和有观察者的观察

有同学说："纯观察和观察者的区别是个难点，失之毫厘，谬以千里。"

像单纯的观察或者纯粹的观察，这个东西永远是或依然是一个没有办法从正面去讲的东西。就像刚才说到"独立而自由的观察"，它只有在没有那些方向、没有那些倾向、没有任何的动机、没有任何奖惩的机制、没有所有思想设定的方向或者是铺设的道路时，才有可能发生这种单纯的观察。而且这个时候，我们无论是观察什么或者了解什么，对于那个东西是有非常巨大的热情或兴趣的，这个时候单纯的观察才有可能发生。

换个说法，只有在没有观察者的时候才可能发生真正的观察，或者一定要有一个正面的表达，只有在完全安静的时候又有巨大的热情和兴趣的时候，那么真正的观察才可能发生。

但实际上，"安静"这个词的核心依然是一个否定式的表达，它是对于所有的动、对于所有方向的否定，这个否定不是观念式的否定，而是意味着所有的动、所有方向的停止和消失，那么这个时候才会有真正的安静，才可能发生真正的观察。换句话说，真正的观察是一件没有办法主动去做的事情，因为一有主动，那么思想预设的那个方向，那个"动"就已经在那了，就没法发生真正的观察或者单纯的观察，就是思想已经作为某种引导性质的东西先入为主地在那儿了。你要去观察、你要怎样，就已经"动"了，就没有"静"了。

所以，所谓"单纯的观察"和"有观察者的观察"，它其实并不是一个可以人为区分的东西，或者说，我们一旦要判别或者区分现在进行的观察是有观察者的观察，还是没有观察者的观察，那么这个时候就不可能是在观察了。头脑或思想已经开始对于它无力触及的领域着手，开始进行某种干涉，它已经越位了。

所以我们说，发现这个"动"也许更现实，或者更关键。不停地"动"可能恰恰是我们的现实，而这是需要被发现的。与其去区分有没有观察者，还不如直接来了解一下所谓的"观察者"它本身是什么，或者这个"我"究竟是什么？以观察者或者思考者自居的"我"，它究竟是什么？（这个问题就不深入讲了，毕竟我们之前关于"自我的本质"这个问题讨论过二十期，大家有时间可以从头到尾再来听一遍。当然也可以不听任何的讨论，自己从头再把这个问题开始探索。）

（6）不要把任何话当成结论

今天本来就是一个非常简短的会议，确实每一个问题都需要重新看起，哪怕听录音也需要每一次都重新听起，而不是带着之前形成的认识或者是结论。包括今天刚开始讲的那几分钟的内容，其中任何一句其实都不需要相信，也不需要接受，也不需要记住，因为只要其中的任何一点没有真正看到，然后变成了我们的记忆的话，那就是一个巨大的障碍。

我们听到了任何东西，都有可能变成一个存量，它只要存在那儿，其实就会塑造，甚至可以叫作禁锢我们的大脑。真正看到的东西它不会变成存量留在那，而是它是活的，它是流动的，它是常新的。变成存量，变成记忆的，它就不是活的了，它就会变成一个限制性的因素，或者是一个腐败的因素。无论那句话听起来多么正确，它都是局限我们的，甚至说得严重一点，它都是伤害我们生命的。当然可以说并不是那句话伤害了我们的生命，而是我们对于那句话的接受、认同、相信、记住。

二十七、重新开始

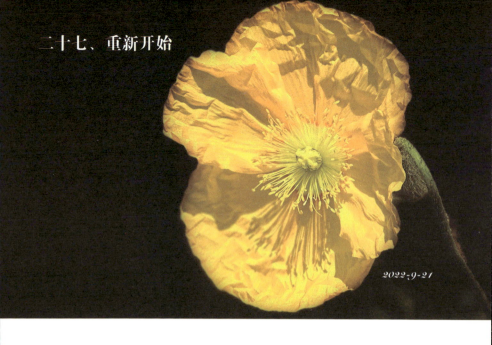

2022-9-21

一晃已经好几个月没发视频了，今天也不讲主题类的内容，而只是回应大家几个相关的问题。

我发现有些同学对视频的内容好像不是特别感兴趣，确切地说，是不仅对视频的内容感兴趣，还会感兴趣一些其他方面的点。比如，有一天有个同学跑来问我："你拍视频有没有开美颜？你有这么好看吗？"

还真有，而且只能好看到这个程度了，不能更好看了，再好看恐怕就得靠脸吃饭了，那是万万不行的，那会更加地喧宾夺主，淹没内容——开个玩笑。

第一个问题还是需要回应一下，"你有没有开美颜？"答案同样是：真的有，但是只开了一次。这一次是为什么会开的？是因为无知。（这个地方插一句，知识在有些地方还是有用的，在它恰当的位置上还是有用的，没有就会造成一些后果。）大家把"Sue 说"的视频列表往下滑，一直滑到最下面、最底部、最后面那个怼脸拍的视频就是开了美颜的，因为当时刚刚开始学习使用视频软件，并不熟悉，不知道那个视频软件的默认设置是带滤镜的，所以没有做任何的调整就拍了第一个视频，结果拍出来就带了美颜。

但是，由于我所有讲的内容都是即兴说出来的，所以也实在懒得再把同样的内容重复地讲一遍了，所以那个视频就幸存了下来，发了出来。但是除此之外，其他的视频都是没有开美颜的，因为后来再录视频的时候就会提前反复地确认原图、生图，再开始录，所以除那一个例外，其他所有的视频都是原图直出。

好，另外一个点就是大家可能发现我今天带了个帽子，这就涉及另外一个头发的问题，因为头发确实是很难搞的一个东西。有一次我发了一个视频，有个同学就跑来对我说："你没洗头，头有点油，头发塌在头顶上。"我说："好！下次我先洗了头再拍。"于是就拍了一个视频，拍完之后又有个同学跑来和我说："你的头发有点毛躁，应该抹点头油会好一些。"实在是太难了，一会儿油，一会儿油又不够，这可怎么办？我又没有造型师，又没有妆发师，也没有灯光师，头发真的很难伺候，很难搞。

但是还好，我发现了这个造型神器，戴上它就不用担心头发的问题了，这只是一个简单的普通的帽子，是我平时跑步戴的帽子，一项目前配速偶尔会达到五分半的帽子，有了它就方便多了。

我们今天视频的主题是"重新开始"，其实不只是在说我们的视频可以重新开始录制了，而是说这个在说话的人并不重要，重要的是我们每一次都重新开始观察。

二十八、"画饼"之碳水有毒

2022-9-22

有一个很常见的现象，不知道大家是否注意到，我们每个人几乎都有意无意地在做一件事情或者在说一些话，或者起码脑子里会跑过那样一些念头，那就是"要是怎样怎样，那就太好了。"比如，要是王一博是我男朋友，那可太好了，我可太幸福了，简直死而无憾了。类似的话不只是会对自己说，我们身边的人、其他的人也会用类似的逻辑、用类似的话术来套路我们。

比如当初你上高中时，已经被高考折磨得穷途末路几乎体无完肤了，这时有人来和你说："你再坚持一下，再忍耐一下，等你上了大学就自由了。"等你上了大学之后又和你说："等你毕了业找着工作就自由了。"等你工作之后就和你说："等你下了班你就自由了。"等你真的下了班呢，你打开了 keep，然后迎面扑出来六个大字："自律给我自由"。这个时候不知道你会不会发出这样一个终极的灵魂拷问："那自由究竟什么时候才能真正到来呢？"我已经做了你们要求我、你们说的、你们告诉我去做的所有事情，但是你们承诺的自由在哪里呢？这个现象或这件事情，我们通常把它叫作"画饼"。

不知道人类为什么这么喜欢画饼，饼有什么好的呢？这么喜欢画，这么喜欢拿出来讲，尤其是那些玩 keep 的人不是就知道应该少吃碳水、要戒碳水，怎么还那么喜欢画饼呢？而且在健身圈或者是减肥圈不是有这样一句名言吗，说"碳水有毒"。说到这儿，其实不得不为碳水鸣个冤、叫个屈了，碳水真的有毒吗？要是碳水真的有毒，那么不知道有多少中国人都已经被毒死了，毕竟我们中国人的主食就是米、面这样的碳水呀！所以说，真的是碳水有毒吗？

你也许会说，更准确的表达是适量的碳水是健康的，是身体所需的，过量的碳水就会给身体造成负担，它就是毒药。但是这个表达其实依然非常地不准确，过量的碳水，比如说那有好多馒头、包子、米饭，很大量，它就在那，或者粮仓里有成千上万吨的大米和小麦堆在那，储存在那，当这些所谓大量的碳水并没有进到你身体里的时候，它会是负担、会是毒药吗？那它是怎么跑到你的身体里去的呢？不就是你一口一口吃进去、一口一口喝进去的吗？不就是在我们欲望的驱使之下才会过度摄入碳水吗？所以是碳水有毒，还是我们口腹之欲之类的欲望以及它驱使下的行动才是真正的罪魁祸首，才是伤害身体的元凶？

二十九、"画饼"之越位才有毒

像碳水一样替人类的欲望背锅的东西就太多了。其中有一个杰出代表就是"钱"。我们经常一听到发生了什么事情，就会感叹说："万恶的金钱呀，金钱真是万恶之源。"金钱真是万恶之源？那人类真的很虚伪，一边说着万恶的金钱，另外一边又常常见钱眼开，爱不释手，笑逐颜开。金钱是万恶之源，我们又这么爱钱，那意思是说我们喜欢这种非常邪恶的东西吗？有句话说，臭味相投才会沆瀣一气，那我们自己是不是也是某种极其邪恶的东西？（关于"自我的本质"改天再讲）

说到这儿，只是想说不要把锅老甩给别的东西，其实所有的事物都有一个恰当的位置，都有一个合适的、合理的范围。我们通常说凡事都有个"度"，哪怕是一些人畜无害的东西，比如水，那是生命所必需的，你喝太多了也会出问题吧？有的人就因为喝水喝太多发生一种叫作"水中毒"的现象，你能说水是有毒的吗？

我们昨天讲到了欲望，欲望是什么？欲望就是跑到了不属于它的范围的思想，通常叫作"越位的思想"，它在通常的那个位置、应有的那

个位置时，它就是工具，是技术方面的工具或者是生活、交流、沟通方面的工具。但是，当它超出了这个工具的地位，开始变成指令时，也就是变成了我们的执着或者执念时，它就会造成冲突、带来痛苦或带来伤害，这就是它越位的一些所谓"作用"。

现在有一个流行的现象，都喜欢玩"出圈"，所谓的"斜杠青年"，出圈很好玩，但是思想要是出圈可就没那么好玩了，它一出圈就开始玩人了，人就开始被思想玩了，人或者我们的身体、生命就开始变成了思想的工具，它给我们下命令去实现那些欲望，所以把人就变成了执行它指令或命令的傀儡，甚至可以叫作"行尸走肉"。

所以，不是什么东西有毒，而是当它超出了恰当的范围，它就会带来麻烦、带来冲突、带来破坏。所以才说，不是那个东西有毒，而是越位有毒。而越位，它通常就体现成我们的欲望，是这个过了界的、出了圈的东西有毒。

关于 Sue

Sue，一个没有身份的人，就像她的微信签名：
Being Nobody.

她是谁，完全不重要，她只是在做一些事，怀着对生命和真理的热诚。而所做的一切，只是为人类以及更为广大的生命，培养一颗颗崭新的心灵。That is, to set man totally, unconditionally free.

* 与克里希那穆提 *

自 2009 年起，出于自发的强烈热情，开始翻译克里希那穆提的书籍和视频字幕。2012 年联合创建克里希那穆提冥思坊，主持冥思坊会员线上读书会和讨论会，负责冥思坊翻译小组的翻译工作，组织翻译了百余集克氏视频字幕。

已出版克氏译著包括：《与生活相遇》《倾听内心的声音》《人类的未来》《生命的所有可能》《终结生命中的冲突》《最后的日记》《论恐惧》《质疑克里希那穆提》《无我的觉察》《唤醒能量》（译审）《探索与洞察》（译审）。自译作品：《转变的紧迫性》《唯一的革命》。

关于热爱

有一些普通意义上的兴趣爱好：摄影，音乐，跑步，瑜伽，截拳道……只不过，那份弥漫的热情包含的远不止这些，而是遍及每一片叶，每一朵花，每一丝风声，每一缕阳光，每一处鸟鸣，每一次呼吸，每一下心跳，每一抹笑容……

Above all，与生命，是一种再也分不出彼此的交融。那爱，就是真理，就是生命。

一个全新生命阶段开启的标志

2018 年 3 月 13 日 "Sue 说" 的首篇文章问世：《序篇》。此后虽另有一篇文章专门用来说明这个公号及其内容的用意：《一个说明》，但其实只要用心体会，不难发现这个用意就体现在了她写出的每一个字、每一句话、每一篇文章里。

一年后，2019 年 3 月 13 日，创立 "TFT"（Team for Truth），与朋友们一起开启了探索生命真相的新篇章。就像她一条朋友圈动态中所说的那样：

都说被爱幸福。

无条件地去爱，才是真幸福。

因为没有条件，所以不可战胜。

图书在版编目（CIP）数据

永不枯竭的活力与能量 / Sue 著 . -- 北京 ：九州出版社，2024. 7. -- ISBN 978-7-5225-3144-1

Ⅰ . I267

中国国家版本馆 CIP 数据核字第 20241NZ384 号

永不枯竭的活力与能量

作　　者	Sue 著	
责任编辑	李文君	
出版发行	九州出版社	
地　　址	北京市西城区阜外大街甲 35 号 (100037)	
发行电话	(010)68992190/3/5/6	
网　　址	www.jiuzhoupress.com	
印　　刷	北京市房山腾龙印刷厂	
开　　本	880 毫米 ×1230 毫米　32 开	
印　　张	8.25	
字　　数	140 千字	
版　　次	2024 年 8 月第 1 版	
印　　次	2024 年 8 月第 1 次印刷	
书　　号	ISBN 978-7-5225-3144-1	
定　　价	108.00 元	